KB094871

니콜로 장편 소설

FUSION FANTASTIC STORY

# ARENA

# 아레나
### 이계사냥기

# 아레나, 이계사냥기 5

니콜로 장편 소설

초판 1쇄 찍은 날 § 2015년  5월 29일
초판 1쇄 펴낸 날 § 2015년  6월  5일

지은이 § 니콜로
펴낸이 § 서경석

편집책임 § 박은정

펴낸곳 § 도서출판 청어람
등록번호 § 제387-1999-000006호
등록일자 § 1999. 5. 31
어람번호 § 제1-2139호

주소 § 경기도 부천시 원미구 부일로 483번길 40 서경B/D 3F (우) 420-822
전화 § 032-656-4452  팩스 § 032-656-4453
http://www.chungeoram.com
E-mail § chungeorambook@daum.net

ISBN 979-11-04-90258-1 04810
ISBN 979-11-04-90152-2 (세트)

FUSION FANTASTIC STORY

니콜로 장편 소설

# ARENA

## 아레나
## 이계사냥기

**5**

도서출판 청어람

# ARENA

## 아레나
### 이계사냥기

# CONTENTS

# 1장

타락한 시험자

　한만영 회장의 치료는 예정대로 20일째에 종료하였다. 박진
성 회장의 경우를 생각해 보면 그 정도면 넉넉할 터였다. 한만영
회장도 완쾌가 되었는지 그쪽에서 불만사항이 나오지는 않았다.
　이제 나에게 중요한 일은 누구를 치료하는 문제 따위가 아니
었다. 중국인 시험자들이 나를 노리고 있는 것이다. 더러운 수
를 쓸지도 모르므로, 일단 박진성 회장에게 도움을 요청했다.
　"제 가족의 안전을 부탁드립니다."
　─이 실장에게 말해놓지.
　제3비서실의 이정식 실장과 통화하니 엄마, 누나, 현지에게
한 명씩 사람을 붙여서 감시하겠다고 얘기를 들었다.
　혹시나 가족들에게 어떤 음해가 가해질 경우 즉각 내게 알

려주고 따로 진성그룹과 계약이 된 시험자들의 도움을 요청한다는 것이었다.

'일단은 이 정도가 최선이지.'

할 수 있는 조치는 여기까지였다. 이후는 내가 헤쳐 나가야 할 문제다. 어느 정도 자신도 있었다. 중국 놈들은 내가 6회차밖에 안 된 시험자라고 얕보고 있을 터.

하지만 난 중급 정령술에 비상식적으로 강화된 총기류 사격 능력을 갖고 있었다. 이만하면 웬만한 중견급 시험자는 충분히 격퇴할 수 있었다.

불시에 습격당하지만 않는다면 미리 대비하고 반격한다면 거꾸로 내가 타락한 시험자들을 잡아먹을 수 있다.

외출을 할 때면 항상 실프를 소환해 보이지 않게 해놓았다. 실프는 늘 사방을 감시하며 나를 일정 시간 이상 응시하거나 따라오는 사람이 있나 확인했다.

'내 쪽에서 먼저 확인만 하면 훨씬 유리해.'

나는 저격이 가능하니까. 먼저 발견만 한다면 거꾸로 내가 한 명을 잡아먹고 싸움을 시작할 수 있다.

그 점을 노리고서 나는 의도적으로 매일 저녁 외출을 했다. 놈들이 보다 용이하게 접근해 올 수 있도록 어두운 시간에 인적 드문 곳을 다녔다.

\*　　　\*　　　\*

"이렇게 조심스럽게 나설 필요가 있나 싶군."

"조용히 처리하려면 어쩔 수 없지."

두 명의 중년 사내가 중국어로 대화를 나눴다. 카페의 창가 자리에 앉은 그들은 길 건너편의 큰 오피스텔 건물 현관을 주시하고 있었다.

"잡음 없이 처리하지 않으면 이쪽이 곤란해. 여긴 중국이 아니거든."

중국인 시험자는 돈벌이를 위해 온갖 짓을 하기로 악명이 자자했다. 하지만 그들이 활개치고 다닐 수 있는 곳도 중국뿐이었다.

중국 밖으로 나간 순간부터 그들은 시험자의 신분을 숨긴 채 조용히 다녀야 했다. 왜냐하면 타국의 시험자들에게 그들 같은 타락한 시험자는 좋은 카르마 사냥감이었기 때문이다.

타락한 시험자를 죽이면 그 타락한 시험자의 마이너스 카르마가 고스란히 플러스가 되어 돌아온다. 적어도 시험 한두 번 클리어한 만큼의 카르마를 얻을 수 있다!

시험자들에게 이처럼 군침 도는 사냥감은 없는 것이다.

때문에 중국 시험자들은 되도록 자신의 신분을 드러내지 않고 비밀리 다녔다. 아예 타국에 발을 잘 들이지 않는 편.

하지만 이번은 경우가 달랐다. 이번 타깃은 황금 알을 낳는 거위라고 했다. 충분히 위험을 감수할 만한……

"그렇다곤 해도 상대는 고작 6회차 아냐?"

"그러니까 우리 둘이 온 거지. 죽이지 않고 제압한 다음에 밀항으로 한국을 빠져나가야 하는 게 보통 일은 아니니까."

"그도 그렇군."

"방심해서는 안 돼. 정령술에 총까지 다루니까."

"그깟 총."

키 작고 마른 체격을 한 시험자는 피식 웃었다. 뱃살이 많이 나온 시험자는 그런 그를 타박했다.

"입수된 정보에 따르면 정령술을 응용한 사격술로 명중률이 100%라고 했다. 넌 걱정이 없겠지만 나는 조심해야 한다고."

그들은 아레나에서 한 팀으로 활동하는 사이였다. 2회차부터 함께 시험을 클리어해 나갔고, 팀원들 중에서 둘만이 생존한 지금은 더욱 호흡이 척척 맞고 있었다.

"평소 작전대로 가면 되잖아. 내가 대놓고 미행하면서 주의를 끌 테니 그 틈에 네가 몰래 접근해서 끝내."

"죽이지 않는 것도 일이군. 쓸 수 있는 독도 한정되어 있어."

그들이 죽지 않고 21회차까지 생존한 비결은 각자 특화된 강점 덕분이었다.

키 작은 시험자는 강철 같은 육체와 방어 능력, 뚱뚱한 시험자는 기척을 없앤 움직임과 독을 이용한 암살 능력.

때문에 다른 팀원들이 모두 죽었어도 두 사람만은 끝내 살아남아 베테랑이 된 것이다. 물론 17회차 이후로는 시험을 포기했지만 그래도 21회차까지 생존한다는 건 굉장히 어려운 일이었다.

"나왔다."

뚱뚱한 시험자가·말했다.

창밖을 보니 정말로 오피스텔 건물 현관 밖으로 그들의 타 깃이 나왔다. 한국의 6회차 시험자 김현호였다.

"오래 기다릴 필요가 없어서 좋군. 우리도 가자."

그들은 자리에서 일어났다. 카페에서 나와 멀찍이서 김현호 의 뒤를 밟았다.

$$* \qquad * \qquad *$$

'나타났군.'

실프가 두 명의 존재를 파악했다. 실프는 교감을 통해 두 사 내의 이미지를 나에게 전했다.

중급 정령술의 최대 장점은 바로 이 교감(交感)이었다. 마치 메신저로 이미지 파일을 보내주듯이, 간단한 장면을 내 머리 로 직접 전달해 주는 게 가능한 것이다.

예전에 베테랑 엘프 전사 콥이 자신의 실프와 보여주었던 교감 능력과 같은 것이었다. 물론 난 아직 중급 1레벨에 불과 해서 그런지 콥처럼 자유자재로 실프와 교감을 나누는 건 불 가능했다.

정령들만 나에게 이미지를 보낼 뿐, 나는 정령들에게 이미 지를 전달하지 못했다. 레벨이 오르면 콥처럼 능숙해지겠지 싶었다.

아무튼 두 중년 사내의 이미지가 뇌리에 박혔다. 짧은 머리

스타일도 생김새도 옷차림도 영락없는 중국인이었다.

'싸우기 좋은 장소로 유인해야겠다.'

싸우기 좋은 장소는 단연 산이다.

나는 줄곧 숲과 산에서 시험을 치러왔기에 그 편이 지리적으로 익숙했다. 게다가 도심보다 산이 더 자연의 힘을 강하게 받을 수 있다.

도로변에서 택시를 잡았다.

"원미산으로 가주세요."

"도서관에서 내려드릴까요?"

"네."

"알겠습니다."

택시 기사는 기운차게 대답하며 출발했다. 실프는 택시를 타는 두 중년 사내의 이미지를 나에게 보내왔다. 역시 쫓아오는군.

15분쯤 갔을까. 원미산 중턱의 시립도서관 앞에서 내렸다.

그길로 산길을 따라 오르기 시작했다.

잠시 뒤를 돌아보니, 뒤늦게 도착한 택시에서 두 중년 사내가 내리는 게 보였다.

'너무 대놓고 움직이는데.'

조심성이라고는 조금도 보이지 않는다. 마치 산책이라도 나온 것처럼 안일하다. 2대 1임에도 내가 싸움을 결심한 이유도 저 태도 때문이었다.

내가 오피스텔에서 나오니까 맞은편 카페에서 어기적거리며 기어 나오는 꼬락서니라니.

'타락한 시험자다.'

시험을 클리어하는 시험자라면 긴장과 신중함을 잃지 않는
다. 시험을 포기하고 안정적인 마정 벌이에 골몰한 지 꽤 된
자들이라고 생각이 든다. 그래도 꽤 많은 회차를 겪었기에 6회
차밖에 안 된 나를 얕보는 것이고 말이다.

이건 기회였다.

'전부 잡아먹고 카르마를 얻겠어.'

타락한 시험자의 마이너스 카르마는 고스란히 나의 플러스
카르마로 돌아온다. 대량의 카르마를 얻을 수 있는 절호의 찬
스를 놓칠 이유가 없었다.

그들을 감시하던 실프가 한 이미지를 보내왔다.

내 뒤를 따라 산길을 올라오는 키 작은 사내. 그리고 왼쪽으
로 우회하여 산속으로 들어가는 뚱뚱한 사내.

깊이 생각할 필요도 없이, 그들의 전술 패턴을 짐작할 수 있
었다.

'키 작은 놈이 내 주의를 끌고, 결정타를 날리는 쪽은 저 배
나온 아저씨라는 뜻이군.'

겉보기와 달리 방어력에 자신이 있는 쪽은 키 작은 사내인
모양이었다. 내가 총을 쏜다는 걸 알면서도 태연자약하게 쫓
아온다. 총격을 받아도 무사할 자신이 있다는 뜻!

'육체가 강철처럼 단단하거나 그런 유형일 거야.'

반대로 뚱뚱한 사내는 기습 공격에 특화되어 있을 것이다.

아마 두 사내는 언제나 이런 패턴으로 마정 사냥을 해왔을

것이다.

'그렇다면 내가 먼저 노려야 하는 쪽은 뚱뚱한 아저씨다.'

키 작은 사내와 달리 뚱뚱한 쪽은 총에 맞으면 무사하지 않을 것이다.

저녁노을이 드리운 시간이라 그런지 원미산의 산길에는 아무도 없었다. 보는 사람도 없으니 슬슬 싸워도 될 것 같았다.

"실프, 카사."

―냐앙.

―멍!

실프와 카사가 모습을 드러냈다.

나는 모신나강을 소환하여 실프에게 건네주며 말했다.

"우선 내가 먼저 저 키 작은 놈을 공격할 거야. 그럼 뚱뚱한 쪽이 그 틈을 노려 내게 접근하겠지. 그때 너희가 저격을 하도록 해."

고개를 끄덕인 정령들이 산속으로 사라졌다.

나는 닐슨 H2 2정을 양손에 쥐고 산길을 따라 올라오는 키 작은 사내를 노려보았다.

'간다!'

나무 뒤에 숨어 있던 나는 키 작은 사내가 가까이 접근하자 곧장 뛰쳐나가 쌍권총을 겨누었다.

"……!"

타탕―

거침없이 방아쇠를 당겼다. 10m 이내. 사격 스킬에 의해 명중률 100%가 적용되는 거리였다.

"큭!"

키 작은 사내는 총탄에 맞고 비틀거렸다. 그런데 그뿐이었다. 예상대로 그는 총탄에 맞아도 버틸 정도로 육체가 강력했던 것이다.

그는 양손을 뻗으며 중국어로 뭐라고 지껄였다. 그러자 커다란 사각방패와 장검이 나타났다.

그뿐만이 아니었다.

파팟!

장갑, 투구, 갑옷, 부츠. 온통 금속으로 이루어진 중무장! 거기에 상체를 전부 다 가리고도 남는 사각방패.

완전히 철통같은 방어력에 특화시킨 모습이었다. 아마 방어력을 더 상승시키는 스킬 몇 가지도 보유하고 있을 터.

'역시 이쪽은 빨리 끝낼 수 있는 상대가 아니야.'

가장 먼저 잡아야 하는 쪽은 그 뚱뚱한 사내였다. 키 작은 사내는 씨익 웃더니 나에게 덤벼들었다.

부웅!

수직으로 휘둘러지는 장검.

그냥 평범한 공격이었다. 나는 손쉽게 뒤로 한 발자국 물러나 피했다. 계속해서 다가오며 장검을 휘둘러왔지만 나는 좌우로 날렵하게 움직이며 피했다.

'이것뿐인가?'

생각보다 형편없는 공격이라 도리어 당황했다. 나는 쌍권총으로 이마와 좌측 어깨를 노리고 쐈다.

그때, 놀라운 일이 벌어졌다.

타탕— 따앙, 땅!

사각방패가 초고속으로 움직이며 총탄 두 발을 튕겨내 버린 것이다.

'뭐야, 저 움직임은?!'

눈에 보이지도 않을 정도로 빨리 움직인 사각방패.

'스킬이구나.'

아마 방패를 다루는 어떤 스킬일 것이다. 명중률 100%인 내 사격 스킬과 마찬가지로, 그 역시 방어력 100%의 방패 방어 스킬을 갖고 있는 것이다. 하지만 방어력 100%는 말도 안 된다. 그게 가능하면 저 사내는 천하무적이라는 뜻이다.

분명 뭔가 조건이 있을 것이다.

일단은 계속 총을 쏘며 공격을 시도했다. 그때마다 사각방패가 거의 순간이동처럼 움직이며 총탄을 튕겨낸다.

그런데 바로 그때였다.

실프가 어떤 이미지를 교감으로 보내왔다. 뚱뚱한 사내가 내 등을 노리고 있는 장면이었다.

그와 동시에,

"차하!"

파앗!

등 뒤에서 뚱뚱한 사내가 튀어나와 나를 덮쳤다. 실프가 미리 경고를 보내왔기에 나는 좌측으로 몸을 날렸다.

뚱뚱한 사내가 양손을 뻗자 녹색의 뿌연 연기가 나를 덮쳤다. 동시에 뚱뚱한 사내의 머리에서 피가 분수처럼 터져 나왔다. 실프와 카사가 저격한 것이었다.

'성공이다!'

하지만 성취감을 느낄 겨를도 없었다. 녹색 연기를 들이마신 순간, 숨이 턱 막히는 고통이 엄습한 것이다.

목이 탈 것 같은 고통!

군대에서 화생방 훈련을 했을 때가 무심코 떠올랐다.

'독?!'

키 작은 사내가 뭐라고 고래고래 소리를 질렀다. 동료인 뚱뚱한 사내의 죽음에 분노한 것이리라.

나는 목과 폐가 타오르는 듯한 고통에 정신을 차릴 수가 없었다. 뚱뚱한 사내의 특기는 독(毒)을 이용한 암습이었다.

나를 기습한 순간 본인도 빈틈을 드러냈기에 저격에 당했지만, 적어도 나를 중독시키는 데는 성공했다.

"커억! 컥!"

나는 고통에 찬 비명을 토했다. 숨이 멎을 것만 같은 고통이었다.

'침착하자.'

고통 속에서도 나는 필사적으로 머리를 굴렸다. 날 죽일 정도의 맹독을 쓰지는 않았을 것이다. 날 생포하는 게 목적일 테니까. 그럼 치유할 수 있다. 치유를……!

"크헉, 생명의 불꽃······!"

그러자 불꽃 하나가 생성되었다. 나는 즉시 그것을 입안에 삼켰다. 뜨거운 기운이 식도를 타고 온몸에 퍼졌다. 고통이 사라져 간다.

나는 헐떡거리며 간신히 몸을 일으켰다.

"크아아!"

키 작은 사내가 나에게 달려들었다. 동료의 죽음으로 분노에 찬 모습이었다.

그때,

따앙!

총성을 차단시킨 실프의 저격이 키 작은 사내의 투구를 맞췄다. 사내는 잠시 비틀거렸다.

'저건 못 막았어?'

말도 안 되는 방패 스킬로도 저격을 막아내지 못했다.

그럼 방어력 100%는 아니었다.

그렇다면······.

나는 문득 레온 실버를 처단했을 때를 떠올렸다. 처음에 권총으로 겨누고 쏘았을 때, 레온 실버는 피했었다.

명중률 100%인 내 사격 스킬이면 빗나가서는 안 되는데 말이다. 하지만 그다음에 쌍권총으로 쐈을 때는 피하는 레온 실버를 맞췄다. 왜냐하면 내가 레온 실버의 피하는 동선을 예측하며 쐈기 때문.

즉, 명중률 100%는 내가 타깃이 움직인다는 것을 인지했을 때 적용되는 효과였다. 이 사실을 저 사내의 방패 스킬에 적용해 보자.

'자신이 인지한 공격만 막을 수 있다!'

나는 사내의 약점을 알아차렸다. 예상치 못한 공격은 막지 못한다. 저 엄청난 방패술을 가지고 있음에도 중무장을 해야 했던 이유가 그거였다.

타앙! 탕!

나는 권총을 난사하며 사내를 압박했다. 동시에 실프와 카사의 힘으로 강화된 저격이 또다시 시작됐다.

따다당!

그러자 이번에는 사각 방패가 저격까지도 모조리 막아냈다.

'내 추측이 옳은 거야.'

이번에는 사내가 저격을 인지했기 때문에 막은 것!

그렇다면 예상 못한 일격을 가해야 한다.

"실프, 바람의 칼날!"

그러자 갑자기 내 옆에 나타난 실프가 바람의 칼날을 연속으로 날렸다. 깜짝 놀란 사내가 사각방패를 들이밀며 몸을 움츠렸다.

촤촤촤촤악—!

바람의 칼날이 사격방패와 갑옷을 강타했다.

"계속!"

내 외침에 실프가 계속해서 바람의 칼날을 난사했다. 그러나 이번에는 키 작은 사내의 사각방패가 초고속으로 움직이며 모조리 막아내고 만다. 바람의 칼날도 인지한 것이다.

"순간이동!"

급격이 공간이 뒤틀린다. 나는 사내의 머리 위로 이동했다. 사내는 급히 위를 올려다본다.

타탕—

쌍권총으로 발사한 두 발의 총탄을 사각방패로 막아내는 사내.

그 순간, 나는 두 다리로 사각방패를 들고 있는 왼팔을 휘감았다.

'자, 이제 방패는 못 쓰겠지?'

나는 그대로 몸을 비틀면서 왼손의 닐슨 H2로 사내의 미간을 겨누었다.

타앙— 땅!

이번에도 사각방패에 막혔다. 사내는 왼팔이 봉쇄된 순간 장검을 버리고 사각방패를 오른손으로 고쳐 쥔 것이었다.

"으아아!"

괴성을 지르며 사내가 사각방패를 휘둘렀다.

부웅!

난 땅에 납작 엎드려 사각방패를 피했다. 그리고 뒤차기로 사내의 뒷발을 걷어차 넘어뜨렸다.

"바람의 칼날!"

실프가 다시 한 번 바람의 칼날을 쏘았다. 사내는 쓰러진 채로 브레이크 댄스처럼 몸을 빙글 돌리며 사각방패로 모조리 막아냈다.

"카사! 태워 버려!"

그러자 내 옆에 나타난 카사가 입에서 불길을 뿜었다.

파도처럼 날아드는 화염.

벌떡 일어선 사내는 이를 악물고는 사각방패를 있는 힘껏 휘둘렀다.

화르르르ー! 화르륵!

화염이 휘둘려지는 사각방패에 의해 좌우로 흩어졌다. 저 방패 스킬은 카사의 화염마저도 방어한 것이다.

'정말 사기적인 스킬이군.'

사내는 떨어뜨린 장검을 주워 들었다. 그리고 나에게 다가온다. 장검은 별로 무섭지 않았다. 무서운 건 사내가 휘두르는 사각방패였다.

엄청난 파공음을 내며 육중한 사각방패가 날아들 때마다 나는 기겁을 하며 피해야 했다.

휘둘려지는 사각방패를 피한 나는 오른손에 쥔 권총을 휘둘렀다. 손잡이로 후려쳤으나 역시나 재빨리 되돌아온 사각방패에 막혀 버린다.

방패가 자동으로 움직이며 내 모든 공격을 막는 상황.

실프는 계속 바람의 칼날을, 카사는 화염을 쏘았다.

나는 리로드 스킬로 인해 자동으로 총알이 재장전된 쌍권총으로 계속 난사를 했다.

콰콰쾅!

촤촤촤촤악ー

타타타탕!

사내는 굳건히 서서 사각방패로 그 모든 공격을 막아냈다.

'이대로는 안 되겠다.'

내가 먼저 지칠 것 같았다. 체력은 충분하지만 정령술의 남은 소환 시간이 걱정된다. 정령들의 힘을 너무 많이 썼으니 말이다.

'일단 물러서자.'

"순간이동!"

나는 사내에게서 12m 뒤로 떨어졌다. 키 작은 사내가 고함을 지르며 쫓아왔다. 하지만,

"순간이동! 순간이동! 순간이동!"

나는 3연속으로 순간이동을 써 간단히 도망치는 데 성공했다.

"바람의 가호!"

바람의 가호까지 써서 나는 빠른 속도로 산속을 질주했다. 그렇게 10분쯤 달린 뒤에야 나는 앉아서 휴식을 취했다.

"석판 소환."

─성명(Name): 김현호
─클래스(Class): 러
─카르마(Karma): +3,499
─시험(Mission): 다음 시험까지 휴식을 취하라.
─제한 시간(Time limit): 75일 5시간 39분.

3,400카르마를 획득했다. 죽은 뚱뚱한 사내의 카르마가

─3,400이었던 모양이다.

"정령술 스킬을 보여줘."

일단은 남은 소환 시간을 확인해 보기로 했다.

─정령술(메인스킬): 중급 정령술을 소환하여 대자연의 힘을 발휘하며, 주변 자연의 기운을 받아 육체능력이 향상됩니다.

＊소환 가능한 정령: 실프, 카사

＊중급 1레벨: 소환 시간 5시간(남은 시간 2시간 13분), 소환 시간이 만료되면 1시간 뒤에 재소환 가능합니다.

절반 이상을 소진했다. 아까처럼 싸워서는 내 쪽이 불리했다. 확실하게 약점을 물고 늘어져야 하는데.

"실프, 녀석이 어디에 있니?"

실프는 숫자 213을 그렸다.

겨우 213미터?

아직 포기하지 않고 날 쫓아오는 것이 확실했다.

벌써 이만큼 거리를 좁혔다면 내 위치를 확실히 알고 쫓아오는 거다. 길잡이 스킬을 익힌 듯했다.

3,400카르마를 어떻게 써야 할까? 어떤 스킬에 투자해야 놈을 이길 수 있을까?

열심히 고민하고 있을 때였다.

위잉, 윙.

스마트폰이 뜬금없이 진동했다.

'씨발, 깜짝이야!'

누구야, 이 와중에!

나는 일단 거의 접근해 온 사내의 추격을 피해 달아나면서 전화를 받았다. 바람의 가호의 효과가 아직 사라지지 않아서 빠르게 거리를 벌릴 수 있었다.

"여보세요?"

—지금 어디십니까?

군바리 같은 딱딱한 말투의 여자 목소리.

"차지혜 씨?"

—그렇습니다. 지금 어디십니까?

"부천이요."

—부천에 사시는 거 압니다. 지금 어디십니까?

"원미산이요. 지금 바쁜데 나중에 전화 거시겠어요?"

—급한 일입니다. 혹시 습격을 받지는 않으셨습니까?

"지금 받고 있어요."

역시 전에 문자로 경고해 준 사람은 차지혜였다.

—예?

차지혜는 놀란 목소리로 물었다.

"지금 습격받는 중이라고요. 제가 좀 바쁘다고 했죠?"

—원미산이라고 하셨습니까? 지금 상황이 어떻습니까?

"한 명은 죽였고 남은 한 명은 열 받아서 막 쫓아오네요. 공격이나 이동속도나 별로 위협적이지 않은데, 방어력이 장난이 아니라 이길 방도를 못 찾겠어요."

―한 명은 처치하셨습니까?

"예, 덕분에 카르마가 좀 생겼는데 이걸 어떤 스킬에 투자해야 저놈을 이길지 모르겠어요."

―잠시만 기다려 주십시오.

뭐라고 누군가와 대화하는 차지혜의 목소리가 들렸다. '부천 원미산으로' 라는 말소리로 보아 택시를 탄 모양이었다.

―더 정확한 특징을 말해보십시오.

"방패가 눈에 보이지도 않을 정도로 빠르게 움직이면서 모든 공격을 다 막아요. 자기가 인지한 공격은 100% 막는 것 같아요. 예상 못한 공격은 허용하지만요."

― '블록' 이라는 보조스킬입니다.

"블록?"

―방패를 다루는 스킬입니다. 그 스킬을 완전히 마스터하면 그런 효과가 발휘됩니다. 심지어 마법도 막아냅니다.

"마스터? 이런 제길."

한 스킬을 완전히 마스터해 버리다니. 어쩐지 좀 사기적인 방어력이다 싶었다.

"약점은 없어요?"

―말씀하신 것처럼 예상 못한 패턴의 공격으로 숨통을 끊으면 됩니다.

"육체도 총 맞아도 안 다칠 정도로 튼튼하던데요."

―체력보정을 마스터했거나…… 아까 공격도 이동속도도 별거 아니라고 하셨습니까?

"예."

─그럼 오러 컨트롤을 익히지 않은 것이니 체력보정 마스터도 아닙니다. 아마 '육체연성'이라는 메인스킬입니다.

"육체연성? 뭐 몸을 튼튼하게 만드는 건가 보죠?"

─예, 어쨌든 일단은 블록부터 깨야 합니다. 블록의 두 번째 약점은 방패의 내구력입니다.

"방패를 깨부수란 말씀이세요?"

─예, 강력한 물리공격으로 방패를 부수면 블록 스킬도 펼치지 못합니다.

"끄응."

그 사각방패, 척 봐도 철제였는데……. 아무튼 해보는 수밖에 없겠군.

"알겠어요. 근데 이리로 오고 계신 거예요?"

─그렇습니다.

"다른 시험자의 지원이 있나요?"

─그렇습니다. 제가 도착할 때까지 버티십시오.

"그러죠."

통화 종료 후, 나는 계속 달리며 석판을 소환했다.

"내 모든 스킬을 보여줘."


─시험자 김현호가 습득한 모든 스킬을 보여드립니다.


─메인스킬: 정령술(중급 1레벨).

—보조스킬: 체력보정(중급 5레벨), 길잡이(초급 1레벨), 순간이동(중급 1레벨).

—특수스킬: 스킬합성.

—합성스킬: 바람의 가호(중급 1레벨), 불꽃의 가호(초급 1레벨), 운동신경(상급 1레벨), 생명의 불꽃(중급 4레벨), 투과(초급 1레벨), 가공간(초급 4레벨), 사격(초급 1레벨), 탄약보정(초급 1레벨), 리로드.


—잔여 카르마: +3,499


스킬들을 쭉 훑어본 나는 한 가지 스킬을 발견했다.

"탄약보정을 보여줘!"


—탄약보정(합성스킬): 총기류 사용 시 탄약의 위력을 강화시킵니다.

＊초급 1레벨


"내 카르마를 전부 투자하면?"

그러자 석판의 글씨가 또다시 변했다.


—보유하신 모든 카르마를 탄약보정(합성스킬)에 쓰실 경우를 보여드립니다.

—탄약보정(합성스킬): 총기류 사용 시 탄약의 위력을 강화시킵니다.

＊중급 4레벨: 탄약이 바위를 뚫는 위력을 얻습니다.

—잔여 카르마: +399

바위를 뚫는다고? 강철을 뚫을 정도는 아닌가 보구나.

'아니지, 이거랑 정령술이랑 결합하면?'

그냥 쏴도 바위를 뚫을 정도의 총탄. 거기에 실프와 카사가 각자의 힘으로 총탄의 위력을 더 낼 수도 있다.

그땐 정말 저 강철로 된 사각방패라도 부술 수 있을지도 모른다.

"탄약보정을 중급 4레벨까지 올린다!"

파앗!

석판이 빛났다.


―3,1ㅁㅁ카르마로 탄약보정(합성스킬)을 중급 4레벨까지 올립니다.

―탄약보정(합성스킬): 총기류 사용 시 탄약의 위력을 강화시킵니다.

＊중급 4레벨: 탄약이 바위를 뚫는 위력을 얻습니다.

―잔여 카르마: +3ㅁㅁ


'됐다!'

나는 닐슨 H2 2정을 고쳐 쥐고 뒤돌았다.

그 사각방패도 부술 정도의 위력이라면 사내의 몸뚱이 역시 뚫을 수 있을 것이다.

'넌 죽었다.'

# 2장

뜻밖의 재회

'넌 죽었다.'

나는 실프와 카사를 소환했다.

"가자!"

난 단단히 마음먹고 강적과 맞서기 위해 용맹무쌍하게 나아갔다. 하지만,

—냐앙!

—왈왈!

귀여운 야옹이와 멍멍이가 쫓아오자 비장한 분위기가 실추된다. 그래도 싸움을 앞두고 애써 비장함을 유지하고 있는데……

위잉.

주머니에 넣어둔 스마트폰이 또 진동했다.

'또 뭐야?'

확인해 보니 차지혜가 보낸 것으로 추정되는 문자메시지였다.

[약 10분 후에 도착합니다. 택시비를 부탁합니다. 실프를 시키면 됩니다.]

'뭐야, 이 여자는!'

황당함이 밀려왔다. 대체 뭘 하고 있었기에 이 여자는 택시비도 없대? 아니, 그보다 자기 자가용 있지 않았던가?

어디서 뭘 하다가 택시를 탄 건지는 모르겠지만 아무튼 나는 실프에게 말했다.

"실프, 차지혜 기억하지?"

─냥.

실프는 고개를 끄덕였다.

"내 핸드폰 진동 오면 그 여자가 택시 타고 이 근처에 왔다는 뜻이야. 그 여자한테 내 체크카드를 날려 보내."

─냥.

그래, 좀 이상한 지시인데도 잘 알아듣는구나. 이상한 기분을 추스르고 나는 다시 쌍권총을 잡았다.

이젠 진짜 결전이다!

긴장감은 조금 떨어졌지만 아무튼 나는 키 작은 중국인 시험자를 향했다. 어느 방향에 있는지는 길잡이 스킬을 통해 느낄 수 있었다.

나를 발견한 키 작은 사내가 고함을 지르며 달려들었다. 양손의 권총 방아쇠를 동시에 당겼다. 목표는 사각방패의 정중앙이었다.

타탕— 따당!

사내는 사각방패로 몸을 가렸다. 방패 정중앙에 정확히 불꽃이 튀었다.

'좋아.'

내가 노리는 게 방패라는 걸 놈은 모른다. 내 총탄의 위력이 강화되었다는 사실도 감지 못한 기색이었다. 스킬과 평소 습관에 의존한 안일한 전투 패턴.

역시 유리한 건 내 쪽이었다.

타타타탕—

계속 권총을 난사하며 사각방패의 정중앙을 맞췄다. 사내는 철옹성 같은 사각방패를 앞세우며 내게 접근해 장검을 휘두르는 패턴을 반복했다.

천천히 나를 궁지로 몰아넣는 포지션 싸움을 하는 모양이었지만 내게는 별 효과 없다. 엘프들과의 술래잡기로 움직임이 굉장히 자유로워진 나였다.

나는 등 뒤에 있는 나무를 박차고 뛰어올라 권총을 쏘았다.

이어서 공중제비를 돌며 또 사격.

왼발로 나뭇가지에 거꾸로 매달리며 다시 사격.

타타타탕—

사각방패에 불꽃이 난무했다. 탄약보정 스킬과 정령들의 힘이 가미된 탄환이 어김없이 정중앙에 적중된다.

착지한 뒤에 사내가 휘두르는 장검을 피해 땅을 굴렀다.

구르면서 사내의 얼굴을 향해 절묘하게 총을 쐈지만, 사각방패가 놀라운 스피드로 날아와 막아냈다.

사내가 거꾸로 고쳐 쥔 장검으로 나를 내리찍었다.

'빈틈!'

그 순간 나는 재빨리 두 다리를 움직였다. 한 발로 장검을 옆으로 걷어차고, 다른 발로 오른팔을 휘감았다. 그리고 왼손은 권총을 버리고 손목을 낚아챘다.

즉흥적으로 처음 시도해 본 암 바였는데 놀랄 정도로 깔끔하게 들어갔다. 운동신경이 상급 1레벨이 된 효과였다.

사내는 당황했다.

난 그대로 사내를 당기며 오른손에 쥔 권총으로 쏘았다.

타앙— 땅!

사각방패가 절묘하게 총탄을 가로막는다. 나는 암 바에 바짝 힘을 가해 사내를 압박하며 오른손에 쥔 닐슨 H2 방아쇠를 계속 당겼다.

타앙! 타앙! 탕! 탕!

사각방패를 미친 듯이 가격하는 총탄.

총알이 바닥나자 리로드 스킬에 의하여 자동으로 재장전되었다. 하지만 사내의 팔은 좀처럼 꺾이지 않았다.

육체연성이랬나? 그런 메인스킬일 거라고 했는데, 과연 육체가 강철 같았다. 하지만 포지션은 내가 유리했다.

어정쩡하게 선 채로 암 바에 걸린 사내에게 보다 큰 피로가 강요된다. 난 계속 사내의 체력을 빼놓으며 오른손의 권총을 마구 쏠 뿐이었다. 그런데 사내도 아레나 경력이 아예 헛된 건 아닌 모양이었다.

"크아아!"

사내는 신경질적으로 고함을 지르더니,

부웅!

그대로 나를 향해 온몸을 던졌다. 날 깔아뭉갤 작정이다!

덩치는 작아도 육중한 갑옷으로 무장한 채라 깔리면 내 쪽이 위험했다.

나는 암 바를 풀고 하반신을 튕겨 뒤로 굴렀다. 구르면서 버렸던 권총을 주워 들었다.

쿠웅!

간발의 차이로 내가 있던 자리를 온몸으로 뭉개는 사내.

나는 쌍권총으로 투구를 쓴 사내의 머리를 노리고 방아쇠를 당겼다.

따당!

어김없이 사각방패가 순간이동처럼 나타나 차단했다. 상체를 일으키며 다시 사격, 완전히 일어서며 또 사격, 뒷걸음질로 거리를 벌리며 연사.

나는 두 자루의 권총과 혼연일체가 되어서 쉴 틈 없이 총탄을 갈겼다. 리로드 스킬이 큰 도움이 됐다. 재장전 때문에 흐름이 끊기는 일 없이 부드럽게 공격이 이어졌다.

사내 역시 몸을 일으켜 세우고는 다시 천천히 거리를 좁혀 왔다.

'시간은 자기편이라고 생각하는 건가?'

하긴, 틀린 판단은 아니다. 시간이 흐르면 가공간에 쌓여 있는 총알이 완전히 바닥나거나, 정령술의 소환 시간이 소진될 테니까.

하지만 나 역시 노리는 바가 있었기에 서두르지 않고 계속 공격했다.

'네 방패도 결국은 부서질 거다!'

물론 상식적으로 생각해 보았을 때, 사내가 스페어로 방패 하나를 더 갖추지 않았을 리는 없다. 하지만 방패가 박살 난 직후, 새 방패로 교체하는 순간 빈틈이 생긴다.

'넌 이미 한 번 내 총에 맞아봤지.'

처음 내가 쏜 권총에 맞았을 때 사내는 상처 하나 없었다.

때문에 방심하고 있을 것이다.

권총 몇 발 맞아도 안 죽는다는 자신감이 머릿속에 깔려 있을 거다. 하물며 갑옷과 투구로 중무장까지 했으니까.

반드시 빈틈이 생길 것이다.

딱 한 번의 찬스!

'널 죽여서 카르마를 먹고 말 거다.'

다시는 중국 시험자들이 나를 노릴 생각을 하지 못하도록 말이다.

그때, 내 주머니에서 체크카드가 꺼내져 바람에 날아갔다. 실프가 날린 것이다.

'차지혜가 온 모양이네.'

택시비 타령을 하는 걸 보면 혼자 온 것 같은데. 대체 무슨 도움이 될 수 있다고 혼자 온 걸까? 이건 시험자의 싸움인데. 잠시 의문이 스쳤지만 어쨌든 나는 계속 싸움을 이어나갔다.

마침내 조짐이 보였다.

사각방패가 총탄을 튕겨내는 소리가 방금 전까지와 미세하게 달랐다. 이때다 싶어 나는 쌍권총을 계속 휘갈겼다.

정중앙, 정중앙!

콰지직!

완벽한 중심점이 파괴되자 사각방패가 산산조각이 났다.

"……?!"

사내의 얼굴이 놀라움으로 스쳤다.

나는 즉시 사내의 얼굴을 노리고 쐈다. 권총의 총구가 겨눠지는 걸 본 순간, 사내는 고개를 숙였다.

따앙! 땅!

총탄에 맞은 반동으로 투구가 날아갔다.

'좋아, 또 한 발!'

사내는 양팔을 교차해 필사적으로 얼굴을 가렸다.

타탕─

총탄에 맞은 양팔에서 피가 튀었다.

"크아악!"

양팔에 총탄이 틀어박힌 고통에 사내가 비명을 질렀다. 아까와 달리 총탄이 몸에 박힌 것이다.

물론 사내의 육체는 역시 강했다. 평범한 사람이었으면 팔이 떨어져 나갈 정도의 위력이었는데 말이다.

타탕—

"크윽!"

또다시 팔에 적중되는 총탄. 사내는 끝까지 가드를 내리지 않았다. 사내가 뭐라고 외치더니 또 다른 사각방패가 나타났다.

'제길!'

끝내 새 방패를 꺼내 들었다. 사내는 새 사각방패로 총격을 막아내면서 다른 손의 장검을 땅에 내려놓더니 아이템백을 소환했다.

타타탕—

총탄을 보지도 않고 블록 스킬로 막으면서 아이템백에서 힐링포션을 꺼낸다. 뚜껑을 따고 다친 양팔에 붓는다.

상처가 아물고 탄환이 빠져나와 땅에 떨어진다. 부상을 치료한 사내는 아까보다 더욱 분노 어린 시선으로 날 노려본다.

'이것도 실패야. 이젠 물러나는 수밖에 없나?'

다른 방도가 떠오르지 않았다. 내 모든 공격 수단을 사내가 인지하고 있다. 무언가 색다른 방식의 공격으로 기습하지 못하면…….

그때였다.

좌측 수풀에서 한 인영(人影)이 불쑥 튀어나왔다. 새처럼 도약하여 사내에게 날아든 인영은 양쪽 허리춤에서 초승달처럼 기이하게 꺾인 두 자루의 곡도를 꺼냈다.

칼집에서 꺼내짐과 동시에 쌍곡도가 번개같이 휘둘러진다. 쌍곡도의 날에서 미묘한 푸른빛이 감돌았다.

불시에 이루어진 기습.

사내는 인영을 보지 못했다.

좌아아악!

"끄아아악!"

사내의 처참한 비명이 울려 퍼졌다. 사각방패를 들고 있던 왼팔이 통째로 잘려져 땅에 떨어졌다.

동시에 인영은 날렵하게 한 바퀴 구르고 일어섰다.

나는 불시에 출현한 인물의 정체를 보고서 깜짝 놀랄 수밖에 없었다.

"뭐합니까?"

차지혜였다.

그녀의 말에 나는 반사적으로 쌍권총으로 마구 난사했다.

퍼퍼퍼퍽!

"끄아악!"

왼팔과 함께 방패도 떨어뜨린 사내는 무방비로 총탄에 마구 맞았다. 사내는 오른손으로 떨어진 방패를 주우려 했지만 내가 더 빨랐다.

타탕—

투구가 벗겨진 머리에서 두 개의 붉은 구멍이 뚫렸다.

쿠웅!

방패를 줍던 자세 그대로 사내는 쓰러졌다. 눈을 부릅뜬 채
로 숨을 거두었다.

스르릉—

차지혜는 쌍곡도를 칼집에 집어넣으며 날 바라보았다.

"오랜만입니다."

"예? 아, 예……."

차지혜?

방금 그게 차지혜가 한 공격이라고? 어떻게 저토록 절묘한
기습을 했지? 육체연성을 익힌 사내의 팔을 자를 정도로 강력
한 일격을 말이다!

방금 쌍곡도의 날에서 보였던 푸른빛은 분명 오러였다.

"시험자였던 건 아니고…… 언제 죽었던 거예요?"

"문자를 드렸던 날 밤에 죽었습니다."

"예? 그거 혹시 저 때문에……."

"일단은 시체들부터 정리하고 이곳을 뜨죠."

"아, 예."

우리는 뚱뚱한 사내의 시체까지 끌고 와 땅에 파묻었다. 실
프를 시켜서 구덩이를 팠는데, 이럴 땐 땅의 정령이 있으면 편
했겠다 싶었다. 매장하는 작업을 하면서 나는 의문을 떨치지

못했다.

내게 문자를 보냈던 건 불과 열흘쯤 전이었다. 그때 시험자가 되었다면 지금쯤 끽해야 2회차를 막 끝마친 시험자여야 한다.

그러나 아까 보여준 차지혜의 놀라운 무위는 결코 2회차 시험자의 것이 아니었다.

"아까 칼에 보였던 푸른빛은 오러였죠?"

"물론입니다. 오러 컨트롤이 중급 이상 되면 오러를 외부로 발출할 수 있는데, 그것을 아레나에서는 오러 엑스퍼트라 부릅니다."

'중급?!'

나는 놀라 물었다.

"어떻게 메인스킬을 벌써 중급까지 올리신 거예요? 저도 이제 간신히 정령술 중급 1레벨이 됐는데!"

"저도 중급 1레벨입니다."

"대체 몇 회차세요?"

내 물음에 차지혜가 답했다.

"6회차입니다."

"말도 안 돼!"

"저는 김현호 씨를 다시 보는 게 15년만입니다."

"……?!"

놀란 내게 차지혜가 말했다.

"가죠."

"예? 아, 그러죠."

나는 떨떠름한 표정으로 차지혜와 함께 움직였다.

"전 죽은 걸로 되어 있습니다. 당분간 조용히 숨어 지낼 곳이 필요한데, 김현호 씨 댁에서 신세를 져도 되겠습니까?"

"……네?"

난 잘못 들은 줄 알았다.

차지혜가 말했다.

"전 가진 돈이 전혀 없습니다. 제 시체를 바다에 수장시키면서 중국인들이 지갑도 차도 전부 훔친 것 같습니다. 덕분에 고생 좀 했지요."

"그, 그럼 호텔이라도 잡아드리면……."

"함께 지내는 게 좋다고 생각됩니다만."

"하지만 전 같이 사는 여자가……."

"확실하게 노려지고 있으면서도 애인분과 동거를 계속하시겠다고요?"

"……."

"위험에 빠뜨리기 싫으시다면 애인분과의 동거를 관두고 멀리해야 한다고 생각됩니다만."

차지혜의 말은 구구절절 옳았기 때문에 나는 아무런 반박도 하지 못했다.

자칫 잘못하면 민정을 위험에 빠뜨릴 수 있었다. 지금처럼 계속 민정을 곁에 두는 것은 내 욕심이었다.

하지만…….

'이제 와서 동거를 그만두자고 하는 건 이별이나 다름없는데!'

아무런 명분도 없이 집에서 내보내는 것은 민정에게는 큰 충격일 터였다.

"애인분에게 아레나와 시험에 대해 모두 설명해 주는 길도 있습니다."

"그건 안 돼요."

"아무튼 결단을 내리셔야 합니다."

차지혜는 그 이상 아무런 말도 하지 않았다. 함께 택시를 잡아타고 집으로 돌아가면서 나는 갈등에 잠겼다.

역시 휘말리게 하지 않으려면 민정을 집에서 내보내야 했다.

'어쩔 수 없어.'

어떻게든 민정을 내보내면서 잘 다독이는 수밖에 없다.

"이렇게 위협받는 상황을 어떻게 타개할 방법은 없는 걸까요?"

"그렇지는 않습니다."

차지혜가 말했다.

"일단은 김현호 씨의 존재를 각국에 널리 알리는 편이 좋겠습니다."

"왜 그렇죠?"

"이미 박진성 회장의 완쾌에 각국의 국가기관이 주목하고 있습니다. 질병을 낫게 하는 능력을 가진 시험자가 있다는 것을 알고 찾고 있겠지요."

"예, 아마도요."

"세계가 주목하고 있으면 중국 시험자들이 한국에서 멋대로 활동하지 못합니다. 타락한 시험자는 좋은 사냥감이니까요."

"그렇겠네요. 하지만 다른 곳이라고 중국처럼 저를 납치하려 드는 작자들이 없을까요?"

"노리는 곳도 있을 테고 김현호 씨를 포섭하려는 곳도 있을 겁니다. 모두의 주목을 받으면 오히려 그런 짓을 하기가 여의치 않습니다. 게다가 김현호 씨에게는 강력한 우군도 있잖습니까."

"오딘 말인가요?"

"그렇습니다. 노르딕 시험단의 오딘은 누구도 얕보지 못하는 정상급의 강자입니다. 그의 지지를 받으면 함부로 습격하지 못하겠죠."

"으음……."

전 세계의 주목을 받는다?

생각만으로도 골치가 아플 것 같았다. 민정을 집에서 내보내는 것과는 차원이 다른 큰 문제였다.

나는 고민하다가 차지혜에게 다시 물었다.

"우리나라는 저를 보호해 주지 못하나요? 제가 치유 능력을 가진 시험자라는 걸 알면 보호하려 하지 않나요?"

"한국은 현재 친중 정책을 펼치고 있습니다. 특히 아레나와 관련해서는 장차 마정 부국이 될 것이 확실한 중국과 우호적인 관계를 유지한다는 기조를 유지하고 있습니다."

"그래서 제 정보를 중국에 판 건가요?"

"그건 김중태 소장의 독단적인 비리입니다만, 친중 정책의 기조가 유지되는 한 중국 통인 그를 소장 자리에서 실각시키지는 않을 겁니다."

"빌어먹을……."

정작 우리나라가 나를 보호해 주기는커녕 중국에 팔아먹다니. 뭐 이런 좆같은 일이 다 있단 말인가.

"그 사람을 죽여 버리면 중국과의 커넥션이 약해지지 않을까요?"

"시험자가 중범죄자가 되었을 경우를 상정한 대응 프로그램이 있습니다. 김중태 소장의 비리보다 그만한 공직자가 시험자에게 살해당했다는 것에 더 민감하게 반응하겠죠."

"……."

"그러니 차라리 전 세계에 김현호 씨의 능력을 어필하는 겁니다. 국가를 움직이는 주요 인물 중에 김현호 씨의 도움이 필요한 사람이 한둘이 아니고, 그들을 우군으로 만들 수 있습니다."

차지혜가 계속 말했다.

"그렇게 된다면 오히려 김현호 씨는 아무도 건드릴 수 없는 강력한 파워를 지니게 됩니다."

나는 고개를 끄덕였다.

"좋아요. 그 수밖에 없겠어요."

차라리 나를 알려서 박진성 회장 같은 강력한 우군을 늘리는 게 내가 살아날 유일한 방법으로 보였다.

"그나저나 차지혜 씨는 누구한테 죽은 거예요?"

"리창위라는 이름을 들어보셨습니까?"

"아니요."

"중국인 시험자 중 가장 강력한 인물입니다. 역량도 권력도 리창위를 능가할 자가 중국에 없습니다."

"어떤 능력을 가지고 있죠?"

"제가 확인했던 건 순간이동과 검뿐입니다. 소문에 의하면 시험자이기 전에도 뛰어난 무술가였다고 합니다."

"뛰어난 무술가라고요?"

"강천성 씨를 기억하시겠지요?"

"당연하죠."

"2회차 시험자였을 때도 그렇게 강력했던 강천성 씨가 베테랑으로 성장했다면 어땠을까요? 그게 리창위라고 보시면 될 것 같습니다."

"……."

강천성처럼 원래 강한 무술가였다면 스타트 라인부터가 남들과 달랐을 것이다. 권력까지 얻었다면 그만큼 더 많은 이득을 거뒀을 테니, 세계를 통틀어도 톱클래스이리라.

"만약 리창위가 직접 나섰다면 김현호 씨는 오늘 무사할 수 없었을 테지요. 다행히 그는 직접 나설 필요성을 느끼지 못했던 모양입니다."

"정말 암울하군요. 그자가 나서기 전에 얼른 조치를 취해야겠어요."

"그러셔야 합니다."

집에 돌아가기 전에 우선은 공인중개사 사무소에 들렀다. 인근에 오늘 당장 구할 수 있는 원룸이 있냐고 물으니 매물이 있었다.

현지의 원룸과 가까운 곳에 매물이 있어서 전세로 계약하겠다고 했다. 매물 사진을 보니 시설이 깔끔해 보였다. 그만큼 비쌌지만 말이다. 연락을 받은 집주인이 한달음에 달려와 냉큼 계약을 했다.

'갑자기 쫓아내는 건 미안하니까.'

상처받을 걸 생각하면 최소한 갈 곳은 마련해 줘야지 싶었다. 현지와 가까운 곳이니 자내기도 좋으리라.

민정에게 집에서 나가달라고 말할 생각을 하니 한숨이 푹푹 나온다.

공인중개사 사무소에서 나온 나는 기다리고 있던 차지혜에게 말했다.

"일단 오늘은 인근 모텔에서 지내요. 내일 민정이를 내보낼 거니까요."

"알겠습니다."

나는 차지혜에게 얼마간의 돈을 쥐어주었다.

집으로 돌아왔을 땐 늦은 저녁이었다.

"오빠, 왔어요?"

민정이 돌아와서 반갑게 나를 맞이해 주었다.

"응."

난 씁쓸히 대답했다.

"왜요? 무슨 일 있었어요?"

민정은 내 표정을 살피더니 물었다.

나는 고개를 끄덕였다.

"무슨 일인데요?"

"미안. 말할 수 없는 일이야."

"……오빠가 하는 일과 관련된 거예요?"

"응."

"알았어요. 안 물어볼게요."

고분고분히 대답해 주는 민정의 태도가 좋았다.

"민정아."

"네, 오빠."

심상치 않은 분위기를 느꼈는지 민정의 태도가 조심스러워
졌다.

"정말 오해하지 말고 내 얘기 들어줄래?"

"왜, 왜 그러세요?"

"우리 당분간은 따로 지내자."

"네?"

민정의 얼굴에 당혹이 어렸다.

내가 재빨리 말을 이었다.

"이건 우리 사이의 문제가 아니라, 내 일과 관련된 문제야. 조금 심각한 문제가 생겨서……."

"저, 저 이 집에서 나가라고요?"

"떨어져 살더라도 우리 사이는 변함없을 거야. 그러니까 부탁할게."

"오빠, 제가 뭐 잘못했어요? 그때 일 때문에 그러세요?"

"그런 거 아니라고 했잖아. 말할 수 없는 문제야. 우리 사이는 아무 문제도 없어."

"하, 하지만 너무 갑작스러워요. 대체 무슨 일이기에 저를 내보내려 하시는 거예요?"

"말해줄 수 없어."

"갑자기 나가라고 하면 저, 전 어디로 가라고요……."

민정이 눈물을 글썽거렸다.

난 민정을 끌어안고 달래주었다.

"현지랑 가까운 곳에 원룸을 구해뒀어. 정말로 우리 사이 문제가 아니야. 아무 말 없이 당분간은 거기서 지내줘. 부탁할게."

"제가 지겨워져서 핑계 대는 거 아니죠?"

"난 그렇게 비겁한 인간이 아니야."

갑자기 집에서 나가달라는 청천벽력 같은 말에 민정은 많이 슬퍼해서 한참을 달래야 했다. 대체 하는 일이 뭐냐는 질문을 몇 번이고 들었다. 당연히 대답을 하지 못했다.

"몇 개월 안 걸릴 거야. 약속할게. 나 믿고 기다려 줘."

"……알았어요. 따로 살더라도 우리 자주 만나기예요."

"그래."

사실 자주 만나기는 힘들었다. 자주 만날수록 민정이 타깃이 되니까. 대신 하루빨리 우군을 늘려서 아무도 나를 건드리지 못하게 할 생각이었다.

다음 날 아침, 민정을 새로 전세 계약한 원룸에 데려다주었다. 사진으로만 보고 덜컥 계약했는데 다행히 사진으로 봤던 대로 괜찮은 곳이었다.

"필요한 것 있으면 언제든 연락하고."

"네, 오빠."

대답하면서도 민정은 우울함을 떨쳐 버리지 못했다. 너무 미안하다.

민정을 내보내고 난 후, 모텔에서 지내던 차지혜를 불러들였다. 이걸 민정이 보면 크게 오해하겠지.

"저쪽 손님방에서 지내세요."

"감사합니다."

"별말씀을요. 저야말로 감사하죠."

나를 도우려다가 죽음까지 맞이한 여자였다. 난 나 때문에 시험자가 된 그녀를 최선을 다해 도와야 할 의무가 있었다.

'그리고 보니 카르마를 얼마나 받았는지 확인해 봐야지?'

키 작은 사내를 죽이고서 얻은 카르마는 확인해 보지 못했다.

"석판 소환."

―성명(Name): 김현호

―클래스(Class): 21

―카르마(Karma): +4,152

―시험(Mission): 다음 시험까지 휴식을 취하라.

―제한 시간(Time limit): 74일 2시간 21분.

대략 4,000카르마 가까이가 올라 있었다. 나는 이걸 어떻게 보상받을까 고민하다가 문득 차지혜에게 물었다.

"6회차라고 하셨죠?"

"그렇습니다."

"대체 어떻게 저와 똑같은 6회차가 되실 수 있었던 겁니까?"

"휴식 시간을 거의 갖지 않았습니다. 단시일 내로 강해져야 했으니까요."

"그게 가능해요?"

"다행히 들어주었습니다."

아레나에서 15년을 보낸 차지혜.

그렇게 장기간의 시험을 치렀음에도 휴식 시간을 그토록 짧게 갖다니! 정말 지독한 정신력이었다.

확실히 그녀는 분위기가 많이 변해 있었다. 어쩐지 잘 벼려진 칼처럼 날카로운 분위기가 느껴진다.

당연했다.

그녀는 내가 알던 차지혜가 아니었다. 15년간 사투를 보낸 시험자였다.

"스킬이 어떤지 여쭤 봐도 될까요?"

"서로 공유하고 상의해 보는 게 어떻겠습니까?"

"예, 그게 좋겠어요. 이제 한배를 탄 사이니까요."

차지혜만큼은 믿어도 된다는 확신이 들었기 때문에 나는 기꺼이 그녀에게 내 모든 스킬을 가르쳐 주었다.

그녀도 자기 스킬을 가르쳐 주었는데, 상당히 강력했다.

오러 컨트롤 중급 1레벨.

체력보정 중급 1레벨.

그녀는 오딘과 비슷하게 단 두 가지 스킬을 집중적으로 키웠다고 한다.

"저는 외지에서 은거하던 무인을 스승으로 모시고 수련을 받는 시험을 주로 받아왔습니다."

차지혜가 들려주는 이야기는 이러했다.

대륙 남서부의 늪지대에서 시작한 그녀는 그곳에서 은거하던 늙은 무인의 제자로 인정받는 시험을 2회차에서 치렀다.

"너 같은 계집은 내 진전을 이어받을 수 없다. 내 도법은 인체를 극한까지 단련하여야 비로소 소화할 수 있으니까."

당시 차지혜의 육체는 체력보정 초급 4레벨.

그녀는 무려 3년이라는 시간 동안 피를 깎는 훈련으로 자기 몸을 인체의 한계까지 단련해 냈다.

즉, 체력보정 초급 5레벨을 단순 훈련으로 이뤄낸 것이다!

그렇게 제자가 되고서는 3회차로 오러 컨트롤을 터득하라는 시험을 받았다. 그녀는 메인스킬 오러 컨트롤을 카르마 보상 없이 5년간의 수련으로 이뤄냈다.

그렇게 15년간 스승의 밑에서 훈련받으며 카르마를 아끼고 아껴서 지금의 경지를 이뤄낸 것이었다.

"매 시험마다 신기록을 세웠다는 김현호 씨를 따라잡기 위해 혹독하게 단련했습니다."

"정말 대단하시네요."

"……이제 따라잡았다 싶어서 김현호 씨를 도우러 왔습니다만, 김현호 씨는 못 본 사이에 터무니없을 정도로 강해지셨군요."

# 3장

알려지다

6회차를 치르기까지 내가 이룬 실적은 다음과 같았다.

먼저 메인스킬인 정령술 중급 1레벨.

실프와 카사가 중급 정령으로 성장했을 뿐만 아니라, 나 자신도 자연의 힘을 몸으로 받아들일 수 있게 되었다.

육체를 강화시켜 주는 체력보정은 중급 5레벨로, 오러 컨트롤을 익히지 않은 시험자가 올릴 수 있는 최대치였다. 이 정도로도 엘프의 한계 수준이라 상당히 강력했다.

순간이동도 중급 1레벨이라 쿨타임 없이 하루 10회를 연속으로 펼칠 수 있다.

특수스킬 스킬합성으로 만든 수많은 스킬 중에서 가장 주목할 만한 것은 네 가지.

바람의 가호 중급 1레벨.

운동신경 상급 1레벨.

생명의 불꽃 중급 4레벨.

그리고 아까 싸우는 도중에 올린 탄약보정 중급 4레벨.

그밖에도 초급 4레벨인 가공간도 매우 유용한 스킬이었다.

"이게 정말 6회차 시험자의 능력치입니까?"

내가 습득한 스킬의 목록을 쭉 훑어본 차지혜는 질린 얼굴이 되었다.

"예, 운도 좋았고, 제가 좀 열심히 했죠."

"아무리 열심히 했어도 어떻게 6회차 만에 이런 능력을 갖출수가……. 이 정도면 거의 20회차를 넘긴 베테랑 수준입니다."

연속으로 최고 성적을 거둔 것이 컸고, 무려 1억 달러를 투입해 5,000카르마를 얻은 것도 컸다. 게다가 엘프들과 함께하는 동안 정령술이나 운동신경 등을 올릴 수 있었다.

그 모든 것이 합쳐져 지금의 능력을 갖추게 된 것이다.

"게다가 스킬합성이라는 특수스킬도 놀랍군요. 전에 제게 말씀하셨을 때는 정령의 가호라고 하셨는데, 거짓말을 하셨습니까?"

"네, 죄송해요. 사실대로 말해서 제 밑천을 드러내기가 조금 그랬어요."

"현명한 판단입니다."

차지혜는 별로 섭섭해하지 않고 쉽게 수긍했다.

내가 종이에 적어준 스킬 목록을 쭉 보다가 그녀가 문득 말했다.

"박진성 회장을 치유한 스킬이 생명의 불꽃입니까?"

"맞아요."

나는 엘프들과 함께했던 4, 5, 6회차의 이야기를 들려주었다. 결과적으로 아레나에서나 현실에서나 생명의 불꽃이 엄청난 역할을 했다.

"갈색산맥에 계셨군요. 혹시 제가 전에 드렸던 자료를 아직 갖고 계십니까?"

"물론이죠."

"그럼 지도를 보며 상의를 해보죠."

나는 전에 연구소를 나오면서 차지혜에게 받았던 자료들 중에서 아레나 지도 파일을 찾아 출력해 왔다.

우리 둘 다 대륙 최남단에 있었지만 나는 동쪽의 갈색산맥에, 그녀는 서쪽의 늪지대에 위치했다.

"시험자가 되면서 제 목적은 김현호 씨와 한 팀이 되는 것이었습니다."

"저와 한 팀을요?"

"팀원이 없으신 김현호 씨와 한 팀이 되면 여러 가지로 서로에게 도움이 될 거라고 생각했습니다."

"지혜 씨가 동료가 된다면 당연히 도움이 되겠죠. 그런데 그게 가능한가요? 함께 시험을 치를 수 있는 동료는 2회차 때 주어지잖아요. 나중에 또 추가되거나 할 수가 있다고요?"

"절대적인 법칙은 없습니다. 대개는 2회차에서 동료를 얻지만 저 같은 경우는 동료 없이 홀로 6회차를 치러야 했습니다."

하긴, 총기제작자인 닐슨도 처음부터 동료가 없었다.

"시험은 시험자가 아레나에서 처한 상황을 고려하여 새로운 임무가 부여되는 방식입니다. 시험자가 처한 장소와 여건에서 불가능한 시험은 주어지지 않습니다."

"저도 그럴 거라고 생각해요."

"만약에 김현호 씨와 제가 현실에서도 아레나에서도 함께 있게 된다면 어떻겠습니까? 그럼 같은 시험을 부여받게 될 수 있지 않겠습니까?"

"그럴 수 있겠네요."

차지혜의 생각에 일리가 있었다. 이렇게 차지혜와 내가 한배를 탄 상황이 되었으니, 율법이 그 점을 반영하여서 다음 시험을 줄지도 모른다.

중요한 건 시험의 최종 목적이니까. 그 목적을 이루는 데 도움이 된다면 그 정도쯤 시험자의 편의는 고려해 주지 않을까?

'지금까지는 혼자서도 충분히 잘해왔어. 엘프들이 있었으니까. 하지만 앞으로는 어찌 될지 모르니 동료가 필요하긴 해.'

한국아레나연구소 출신이라 아레나에 대한 지식이 해박하고, 똑똑하기도 한 차지혜라면 든든한 동료가 될 터였다.

오늘도 차지혜 덕분에 그 키 작은 중국인 시험자를 처치하지 않았던가.

그때 보여준 쌍곡도 다루는 솜씨가 예사롭지 않았다.

"좋아요."

난 고개를 끄덕였다.

"어찌 되었든 아레나에서도 만날 수 있도록 해보죠. 지혜 씨와 한 팀이 된다면 저도 좋으니까요."

우리는 다음 7회차 시험에 대해 이야기를 나눴다.

우선 나는 다음 시험에서 갈색산맥을 떠나게 될 공산이 컸다. 세 그루나 되는 생명의 나무를 중심으로 엘프들은 잘 뭉쳐 있다.

흑마법사들의 습격도 물리쳤다. 이제는 엘프들과 함께 있으면서 내가 할 수 있는 역할이 별로 없었다.

물론 다음 시험도 엘프들과 함께한다면 나야 좋지.

데릭 같은 강력한 엘프 전사의 도움을 받아가며 쉽사리 클리어할 수 있으니까. 하지만 그렇게 호락호락한 시험이 나올 것 같지는 않다.

"저도 마찬가지입니다. 지난 15년간 스승님으로부터 도법을 전부 배웠습니다. 더 가르칠 게 없으니 떠나라는 말을 들었으니, 다음 시험에서 늪지대를 떠날 듯합니다."

"피차 어디로 가게 될지 모른다는 게 문제네요."

"일단 아레나에서 합류하는 건 7회차 시험을 치른 다음에 고려해야 할 것 같습니다."

"그럼 일단은 각자 7회차 시험을 무사히 클리어하는 것을 목표로 하죠."

"그래야겠습니다."

이제 남은 문제는 중국 시험자들의 위협이었다.

사실 시험보다 이게 더 걱정이었다.

"일단은 김현호 씨의 존재를 전 세계에 알리는 게 급선무로 보입니다. 제 생각에는 노르딕 시험단의 오딘을 통하는 게 좋을 듯합니다."

"오딘이요?"

"예, 그는 이쪽 세계에서 명성을 떨치고 있는 거물급 시험자입니다. 그가 공식적으로 김현호 씨를 지지한다고 선언하면 제아무리 중국이라도 함부로 행동할 수 없습니다."

그녀의 말대로 생각난 김에 나는 오딘에게 전화를 걸었다.

─김현호 씨, 그사이 별일 없으셨소?

"일이야 있었죠."

─무슨 일이오?

"중국인들의 습격을 받았습니다."

─뭐라고? 벌써 말이오?!

오딘은 깜짝 놀랐다.

나는 구체적인 사정을 설명했다.

─기어코 그놈들이 당신을 노렸구려. 아무튼 무사해서 다행이오. 그전에 미리 카르마를 구매한 게 도움이 됐군.

"그러게요. 오딘 씨가 아니었으면 큰일 날 뻔했습니다."

─별말씀을. 그래도 타락한 시험자 둘을 처치했으니 그만큼 카르마를 더 얻으셨겠군?

"예, 어서 스킬 레벨을 올려 힘을 키워야죠."

─타락한 시험자를 둘이나 잡았다니 운이 좋았구려. 덕분에 보다 강해졌다는 것을 중국 측도 알 테니 이제 당신을 무시하

지 못할 거요.

"그래서 더 걱정이죠. 리창위라는 시험자가 한국에 직접 왔을 정도로 이번 일에 관심을 두고 있던데, 혹시 그자를 아시나요?"

―리창위? 그자가 한국에 있소?

"지금은 중국으로 돌아갔는지 잘 모르겠어요. 하지만 분명 얼마 전에는 한국에 왔었습니다."

―으음, 그자는 위험한데.

"만나보셨습니까?"

―아레나에서 한 번 마주친 적 있었소. 싸워 보지는 않았지만 상당히 강해 보였소. 오러 마스터인 건 확실했고, 솔직히 말하자면 싸워서 이길 자신은 들지 않는 상대였소.

저 오딘이 자신의 열세를 순순히 인정하다니. 정말 리창위가 대단한 작자이긴 한 모양이었다.

―하지만 다행히 리창위는 권력에 찌들었소. 아랫사람을 부리는 것을 좋아하지. 웬만해서는 본인이 직접 나서지 않을 거요.

"하지만 그렇게 아랫사람을 보냈다가 실패했죠. 이번엔 본인이 나설 수도 있지 않을까요? 더 타락한 시험자를 보냈다가 거꾸로 제가 격퇴하고 더 강해지면 골치 아프다고 생각할 테니까요."

―그도 그렇군. 자신이 직접 나서서 확실하게 일을 마무리하려 들지도 모르겠소. 그럼 이제 어찌할 생각이오?

"그것 때문에 고민 중입니다."

―아예 이쪽으로 오는 건 어떻소?

"덴마크로요?"

─덴마크든 어디든 노르딕 시험단에 오시오. 가장 많은 시험자를 보유한 중국이라지만 우리를 무시하지는 못하오.

"……."

─중국은 한국을 무시하는 경향이 있고, 실제로 한국 측이 중국에 적극 협조하기 때문에 한국에 있는 한 중국 시험자들의 습격을 계속 받게 될 거요.

맞는 말이라서 서글펐다.

한국아레나연구소의 소장이라는 작자가 아예 중국의 끄나풀이 됐으니까.

"제안은 감사합니다. 그것도 하나의 방법이긴 하지만 솔직히 가족들의 신변도 걱정이 돼서 떠나기가 그러네요."

─쯧, 그것도 그렇군. 그래서 달리 생각한 대책은 있소?

"실은 그것 때문에 부탁이 있어서 연락드렸습니다."

─말해보시오.

"이렇게 된 것, 차라리 제 치유 능력을 널리 알리고 싶습니다."

─당신의 능력을 바탕으로 강력한 우군을 많이 만들어놓겠다는 전략이군.

"예."

─주목을 받는 만큼 귀찮은 일도 많아질 거요. 당신처럼 탐나는 능력을 가진 시험자를 납치하려는 곳이 중국뿐만은 아닐 거요.

"각오하고 있습니다. 하지만 그만큼 아군도 생기겠죠."

―결심을 했다면, 좋소. 내 인맥을 총동원해서 당신의 존재를 알리지. 그렇지 않아도 박진성 회장을 누가 회복시켰는지 이쪽 바닥에서 궁금해하는 사람이 많소.

"감사합니다."

그렇게 오딘와의 통화를 종료했다.

이제 주사위는 던져졌다.

*　　　*　　　*

4,152카르마를 스킬에 투자하는 문제를 놓고 나는 고민에 잠겼다.

'정령술을 올릴까, 탄약보정을 올릴까?'

정령술에 투자한다면 다음과 같다.

정령술 중급 2레벨 (―1,700)
정령술 중급 3레벨 (―1,900)
정령술 중급 4레벨 (―2,100)

즉, 3,600카르마로 중급 3레벨까지 두 단계밖에 못 올린다. 물론 그것만으로도 정령술의 위력이 크게 늘겠지만.

반면 탄약보정에 투자한다면 다음과 같다.

―보유하신 모든 카르마를 탄약보정(합성스킬)에 쓰실 경우를 보여드립니다.

―탄약보정(합성스킬): 총기류 사용 시 탄약의 위력을 강화시킵니다.

＊중급 5레벨: 탄약이 바위를 뚫는 위력을 얻습니다. (―8㎜)
＊마스터: 탄약이 강철을 뚫는 위력을 발휘합니다. (―1,5㎜)


―잔여 카르마: +4,152


중급 5레벨 다음은 상급이 아니라 곧바로 스킬 마스터였다. 2,300카르마를 투자하면 바위를 넘어 강철도 뚫는 위력을 갖게 된다.

거기다가 정령술까지 가미되면, 그야말로 권총으로 장갑차도 뚫을 수 있지 않을까?

고민 끝에 나는 탄약보정을 우선적으로 마스터하고, 남은 카르마로 정령술을 1레벨 올리기로 했다. 그러고 나니 남은 카르마는 고작 152뿐이었다.

"150카르마가 남았는데 혹시 필요한 아이템 있으세요?"

난 차지혜에게 물었다.

사실 육체가 강철 같았던 중국인 시험자를 물리치는 데는 차지혜의 도움이 컸다. 덕분에 4,000가량이나 되는 카르마를 얻었는데 뭐라도 보답해야 하지 않겠는가.

"옷이 필요합니다."

"옷이요?"

"예, 지금 입고 있는 옷으로 15년간 지냈는데, 사람이 많은 지역을 다니려면 눈에 띄지 않도록 아레나의 풍습에 맞는 복장이 필요합니다."

"옷 한 벌로 15년을요?"

"시험의 문을 통과하면 손상된 장비도 원상 복귀됩니다. 그동안은 필요하지 않아서 옷에 카르마를 쓰지 않았습니다."

그래도 여자가 옷 한 벌로 15년을 살았다니…….

나는 차지혜의 철저함에 혀를 내둘러야 했다.

아무튼 남은 카르마로 상하의와 신발, 장갑, 모자까지 풀세트로 사주었다. 덤으로 수통까지 사주고 나니 카르마가 0이 되었다.

\*      \*      \*

"치료할 수 있다고?"

진갈색 수염을 덥수룩하게 기른 민머리의 백인 중년 사내가 부릅뜬 눈으로 물었다.

스미스 맥런 회장의 목소리는 급격히 떨려왔다.

미국 굴지의 정치 가문인 맥런 가문의 수장이자, 수년 전까지는 대선후보로도 거론되던 상원의원이었다. 그리고 비공식적으로는 세계 최고 수준의 마정 연구소의 오너이기도 했다.

맥런 가문은 오래전부터 시험자들이 아레나에서 습득해 오는 마정에 담긴 마력을 응용할 수 있는 기술 개발에 주력해 왔다.

석유재벌 록펠러처럼 마정이 맥런 가문에게 장차 세계 경제 패권을 가져다줄 것이라는 기대 때문이었다.

실제로도 맥런 연구소는 기술 개발에 상당한 진전이 있어, 실생활에 이용할 수 있는 기술을 다수 보유하고 있었다.

만약에 아레나에 대한 비밀이 대중에 공표된다면 맥런 가문은 비공식적으로 쌓은 기술들을 전부 특허 등록하고 본격적으로 부를 쌓을 터였다. 때문에 아레나 업계에서 맥런 가문의 영향력을 대단했다.

"오딘을 통해 흘러나온 이야기이니 확실합니다."

젊은 남자의 말에 스미스 맥런은 벌떡 일어났다.

"어디야?"

"한국의 시험자라고 들었습니다."

"한국아레나연구소에 연락 넣어."

"한국아레나연구소 소속이 아닙니다."

스미스 맥런은 피식 웃었다.

"그럼 그렇지. 그 호구들이 그런 능력자를 데리고 있을 턱이 있나."

"진성그룹 박진성 회장이 데리고 있습니다."

"박진성 회장에게 연락 넣어."

"예."

그날 오후, 스미스 맥런은 한국행 비행기에 몸을 실었다.

<br>

*　　　*　　　*

"스미스 맥런이요?"

맥런?

뉴스에서 들어본 것 같은데.

"미 상원의원이었습니다."

"아! 맞다. 예전에 대선후보 어쩌고 할 때 거론됐었죠?"

"맞습니다."

"그런 사람이 절 찾아온다고요? 그 사람도 아레나에 대해 아나 봐요?"

"아는 정도가 아닙니다."

차지혜가 말했다.

"아레나에게 가장 파워가 센 인물이라고 할 수 있습니다."

"그래요?"

"맥런 가문이 운영하는 연구소는 마정 응용 기술에서 가장 큰 진전을 이루고 있습니다."

"그럼 중국도 무시할 수 없겠네요."

"물론입니다. 이익을 위해 움직이는 건 중국이나 맥런이나 마찬가지입니다. 중국이 유독 과격할 뿐이지, 스미스 맥런도 마음먹으면 그만큼 거친 수단을 쓸 수 있습니다."

"그런데 그런 사람이 절 만나겠다고 한국에 오고 있다니, 그 사람도 병에 걸렸나요?"

"그런 이야기는 못 들어봤습니다. 건강상 아무 문제도 없었던 걸로 기억합니다. 나이도 아직 50대 중반밖에 되지 않았고,

사연이 따로 있는 듯합니다."

오딘처럼 가족이 아프거나 한 걸까?

아무튼 벌써부터 그런 거물이 찾아온다니 나야 좋았다. 스미스 맥런과 거래하는 동안은 중국이 날 건드리지 못할 것이 틀림없었다.

그날 저녁 무렵, 모르는 번호로 전화가 왔다.

—김현호 씨 되십니까?

나는 깜짝 놀랐다.

젊은 남자의 목소리였는데, 아레나의 언어였다.

"예, 그런데요."

—맥런 회장님을 수행하는 사람입니다. 지금 인천공항에 도착했습니다.

"벌써요?"

스미스 맥런이 온다는 통보를 받은 것이 이른 아침이었다.

그런데 벌써 도착했다니. 그 같은 거물이 나를 만나기 위해 그렇게 서둘러 왔다는 사실이 신기했다. 대체 얼마나 위중한 병에 걸렸기에?

—회장님께서는 언론의 주목을 받고 싶어 하지 않으십니다. 가까운 호텔에 투숙 중이니 그리로 오십시오.

"그러죠."

전화를 끊고서 나는 차지혜에게 물었다.

"혹시 같이 가지 않으실래요?"

"저는 이미 죽은 것으로 되어 있어서 눈에 띄지 않는 것이 좋습니다만."

"같이 가주시면 협상을 할 때도 도움이 될 것 같아서요."

차지혜는 잠시 고민하는가 싶더니 고개를 끄덕였다.

"그렇군요. 알겠습니다."

우리는 함께 지하 주차장으로 내려가 포르쉐 카이엔에 탔다.

＊　　　＊　　　＊

공항 인근의 호텔에 차를 대놓고 엘리베이터를 타고 올라갔다.

"어서 오십시오."

전화로도 통화했던 젊은 남자는 키 크고 잘생긴 흑발의 백인이었다.

"김현호입니다."

"차지혜입니다."

우리도 아레나어로 인사했다. 흑발의 미남자는 가볍게 웃으며 우리를 안내했다.

"이쪽으로 오십시오."

어느새 어두워져 별이 보이는 테라스의 테이블에 중년의 백인 남성이 앉아 있었다.

민머리에 덥수룩한 수염을 한, 할리우드 영화에 등장할 법한 그런 인물이었다. 슈트부터 구두, 시계 등 할 것 없이 전부 값비싸 보였다.

그가 영어로 뭐라고 말한다. Nice to meet you까진 알아들었다.

"회장님께서 반갑고 꼭 만나고 싶었다고 하십니다."

흑발의 미남자가 말했다. 그가 통역을 맡은 모양이었다. 그의 통역을 통해 우리는 대화를 나눴다.

"당신에게 진성그룹 박진성 회장의 중병을 치료한 스킬이 있다는 것을 들었습니다. 회장님께서는 당신의 능력으로 치료를 받고 싶어 하십니다."

"어떤 질병인지 알고 싶습니다. 솔직히 말씀드려서 회장님은 건강해 보이시거든요."

내 말에 맥런 회장의 얼굴이 굳었다.

흑발의 미남자가 말했다.

"병명은 밝히고 싶지 않습니다. 그걸 꼭 밝혀야 치료될 수 있는 부분입니까?"

"그렇지는 않죠. 생명력을 돋우고 질병과 저주를 치료하는 스킬이니까요. 하지만 저 또한 무조건 장담할 수는 없으니, 일단은 일주일간 치료를 받아보시고 계속 진행할지 중단할지를 정하는 게 어떨까요?"

흑발의 미남자는 맥런 회장에게 내 말을 전했고, 맥런 회장은 고개를 끄덕였다.

"좋다고 하십니다. 그럼 그 대가로 얼마를 원하는지, 치료는 언제부터 할 수 있는지 알고 싶습니다."

"오늘은 안 되고, 내일부터 치료가 가능합니다. 그리고 가격은……."

나는 말끝을 흐리고 차지혜를 바라보았다.

차지혜가 한국어로 말했다.

"맥런 가문은 비공식적으로 진성그룹 일가보다 10배는 많은 재산을 축적하고 있습니다."

"정말요?"

"그렇습니다. 혹시 그동안 치료에 어느 정도의 금액을 받으셨습니까?"

"400억, 700억 원 정도요."

"김현호 씨가 가장 원하는 건 돈입니까?"

"아뇨. 솔직히 번 돈으로 카르마를 구매하고 싶어요."

"그렇다면 3억 불이나 2만 카르마 상당의 아이템을 원한다고 요구하십시오."

나는 차지혜의 말대로 요구를 했다.

흑발의 미남자는 난색을 표하며 회장과 상의를 했다.

맥런 회장이 뭐라고 얘기했다. 그걸 흑발의 미남자가 아레나어로 말했다.

"당신은 카르마를 원하는군요."

"맞습니다."

"하지만 카르마는 그렇게 다량을 구하기가 쉽지 않습니다. 차라리 1억 불과 1만 카르마를 지불하지요."

"으음……."

사실 나로서는 눈이 튀어나올 만큼 좋은 조건이었지만 일단 표정 관리를 했다.

그때, 차지혜가 말했다.

"대신 그 절반은 착수금으로 지불하십시오. 그 뒤에 내일부터 일주일간 시범 치료를 받고, 만족스럽지 않다면 그걸로 거래를 끝내는 걸로 하지요."

흑발의 미남자는 회장과 상의한 후에 고개를 끄덕였다.

"좋습니다. 다만 카르마는 하루 만에 준비할 수가 없습니다. 착수금으로 1억 불을 지급하겠습니다."

나는 고개를 저었다.

"당장 카르마를 원합니다. 저희는 현재 중국의 시험자들에게 노려지고 있습니다."

"중국?"

"예, 리창위가 저와 관련된 문제로 한국에 온 적이 있습니다. 그의 표적이 된다면 제 신변이 위험하지 않겠습니까? 전 당장 카르마를 얻어 강해져야 합니다."

"리창위라. 그자가 걱정이십니까?"

흑발의 미남자는 씨익 웃었다.

"일주일간 치료를 하는 동안 이 호텔에서 우리와 함께 머물지 않겠습니까?"

"맥런 회장님까지 휘말릴지도 모르는데요?"

"리창위가 직접 습격해 온 데도 문제없습니다. 제가 있으면 리창위도 함부로 일을 벌이지 못할 테지요."

"혹여 성함이 데이나 리트린입니까?"

차지혜가 물었다.

흑발의 미남자는 미소를 지으며 고개를 끄덕인다.

차지혜는 수긍한 듯 고개를 끄덕였다.

"그렇다면 확실히 리창위는 아무 문제도 되지 않을 듯합니다."

"아는 사람이에요?"

내가 한국말로 물었다.

차지혜가 말했다.

"카르마 총량에서 공식 세계 랭킹 1위에 올라 있는 시험자입니다."

나는 입을 쩌억 벌렸다.

내 눈앞에 있는 저 남자가 최강의 시험자라고?

그제야 나는 맥런 회장의 수행원이 저 흑발의 미남자 한 사람뿐인 것이 수긍되었다.

카르마 총량이 힘을 결정짓는 절대적인 기준이 되지는 못하지만, 그래도 그것으로 공식 1위에 랭크되었다는 것은 무시무시한 역량이었다.

결국 나는 일주일간 시범 치료를 해주는 대가로 1억 불을 선지급받기로 했다.

완치가 될 시에 1만 카르마 상당의 아이템을 받기로 했다. 그걸 카르마로 환불받으면 5천 카르마다. 웬만한 시험 한두 개 클리어한 것이나 다름없는 양이었다.

"그런데 무슨 병인지는 끝내 알 수 없는 건가요?"

흑발의 미남자, 데이나 리트린은 웃으며 말했다.

"밝히기 민망한 문제라 그렇습니다. 이해하셨지요?"

"아, 네."

난 곧바로 이해했다. 저 거물 양반, 분명히 발기부전일 거다!

……그 정도면 어마어마한 거금이라도 기꺼이 내놓을 만하지. 암, 그렇고말고. 남자로서 이해한다.

그날부터 나는 차지혜와 함께 맥런 회장의 바로 옆 스위트 룸에 머물렀다.

함께 단둘이 호텔에 머무는 게 조금 이상하긴 했지만, 다행히 스위트룸이 굉장히 넓어서 어색하지는 않았다.

사실 상당한 미모를 가진 차지혜인지라 나는 남자로서 끌리지 않을 수 없었다.

게다가 따로 살게 된 이후로 민정을 자주 만나지 못했고 말이다. 문자는 매일 주고받지만 왠지 몸과 함께 마음도 멀어지고 있다는 느낌이 들었다.

나는 매일 맥런 회장에게 생명의 불꽃을 하나씩 주었다. 너무 일찍 완쾌시킬 필요는 없다고 생각했기 때문이다.

다른 하나는 실프와 카사에게 나눠 먹였다.

치료한 지 사흘째 되었을 때, 맥런 회장은 크게 만족스러워하는 기색이었다.

"차도가 있다고 하시는군요. 이대로 계속 치료를 받고 싶어 하십니다."

데이나 리트린이 맥런 회장의 뜻을 전해왔다.

"차도가 있다고 함은……."

"정상적인 아침을 맞이하셨다는 뜻이겠지요."

씨익 웃으며 말하는 데이나. 남자인 내가 봐도 눈이 정화되는 듯한 잘생긴 미소였다. 아무튼 치료받은 지 며칠 되었다고 정상적인 아침을 맞이했다니, 금방 완쾌될 듯했다.

'대충 2주 정도 치료하면 되겠지?'

스위스 계좌에 1억불 상당의 스위스 프랑이 입금되어 있었다. 나는 오딘에게 전화해서 카르마 구매를 하고 싶다고 의뢰했다.

─요즘은 카르마를 구하기가 쉽지 않소. 맥런 가문 측에서 카르마를 대량으로 구매하고 있다는 얘기가 있던데, 아마도 당신 때문으로 보이오.

"아, 그런가요?"

─전에도 1억 불이나 되는 돈으로 카르마를 사셨잖소. 카르마를 돈 받고 팔려는 시험자가 몇이나 되겠소.

"그럼 하는 수 없네요."

─아무튼 알아보겠소만 기대는 마시오.

"네, 아무튼 여러 가지로 감사했습니다."

─별말씀을. 다음에 한번 봅시다. 벨라가 무척 보고 싶어 하더군.

"하하, 예. 저도 보고 싶네요."

어쨌거나 맥런에게 받을 1만 카르마 외에는 더 구하기는 힘들 듯했다.

일주일이 지났다.

나는 오랜만에 민정과 데이트를 했는데, 그녀가 말했다.

"오빠, 요즘 뭐 해요?"

"뭐 하긴, 그냥 일하지."

"외국에 나간 것도 아닌데 집에는 안 계시고……."

"사정이 좀 있어서. 곧 집으로 돌아갈 거야."

"무슨 사정인데요?"

"……."

나는 마침내 우리 사이의 근본적인 문제에 부딪쳤음을 깨달았다.

그녀에게 말할 수 없는 비밀이 너무 많았다. 그 비밀 때문에 민정과의 동거도 도중에 깨져 버렸고, 최근 자주 만나지도 못했다. 그럴 때마다 말할 수 없는 사정이 있다고밖에 할 말이 없다.

민정으로서는 화를 내도 당연한 일이었다. 지금껏 참은 것만으로도 민정이 상당히 날 위해 양보한 거라고 생각된다.

"오빠, 대체 하시는 일이 뭐예요? 진성그룹과 무엇을 하시기에 가족에게도 제게도 비밀로 하세요? 저 이제 너무 답답해요."

"미안해. 그 마음 아니까 나도 너무 미안하고 면목이 없다."

"이젠 별의별 생각이 다 들어요. 혹시 절 떼어놓으려고 거짓말을 한 건가, 집에 불쑥 찾아가 보면 다른 여자가 있는 게 아닐까, 이제 끝난 걸까⋯⋯."

"그런 거 아니야!"

"그걸 제가 어떻게 믿어요. 대체 무슨 일이기에 제가 그 집에서 나와야 했는지, 이렇게까지 비밀로 해야 하는지! 전혀 이해가 안 간단 말이에요!"

"⋯⋯."

"뭐라고 말 좀 해보세요. 범죄라도 관여되신 거예요? 오빠가 무슨 일을 하든 저 이해할 수 있다고요!"

"⋯⋯."

"뭐라고 말 좀 해보시라고요⋯⋯."

민정이 눈시울을 붉히며 울먹였다.

순간 나는 충동이 들었다.

'왜 이렇게까지 비밀로 해야 하지? 그냥 다 말해 버릴까?'

난 시험자다. 이미 한 번 죽었고, 앞으로 언제 죽을지 모른다. 휴식 기간이 지나면 죽을지도 모르는 싸움을 하러 다른 세계로 떠나야 한다.

⋯⋯그런 말을 어떻게 한단 말인가!

나는 끝내 침묵했다.

차에 태워 집까지 데려다주었다.

내가 얻어다 주었던 원룸 오피스텔 건물로 들어가기까지 민정은 아무 말도 하지 않았다.

가슴이 먹먹했다.

'끝났구나.'

유혹에 끌려 가볍게 사랑을 시작한 것이 잘못이었다.

시험자 주제에, 언제 죽을지 모르는 시한부 주제에 이런 관계를 만들어서는 안 되는 거였다.

이렇게 진지하게 될 줄을…… 그땐 몰랐었다.

'미안해.'

나는 먹먹한 마음으로 투숙 중이던 호텔로 돌아왔다.

엘리베이터를 타는데 함께 탄 미모의 백인 여성이 나와 같은 14층을 눌렀다.

'이 호텔 14층에 방은 4개뿐인데.'

눈이 마주치자 여성은 싱긋 웃어 보였다. 나 역시 웃음으로 고개를 까닥거려 보였다. 함께 14층에서 내린 뒤, 그녀는 스미스 맥런 회장의 스위트룸으로 들어갔다.

'나 참.'

나는 피식 웃었다.

맥런 회장이 드디어 치료의 효과를 확인해 볼 참인 듯했다. 하긴, 오늘이 시범 치료를 하기로 했던 일주일의 마지막 날이니까.

"오셨습니까."

다음 날, 나는 차지혜와 함께 스미스 맥런 회장을 찾아왔다.

"일주일간 치료를 받아본 소감이 어떠십니까?"

내가 물었다.

데이나가 답했다.

"회장님께서는 매우 만족하셨습니다. 앞으로도 계속 치료를 받고 싶어 하십니다."

어제 본 그 여성과 좋은 시간을 보냈다는 뜻이겠지. 그렇다면 사실상 맥런 회장의 문제는 해결되었다 해도 무방하다.

하지만 지난 일주일은 단순히 시범 치료였을 뿐이니, 최소한 일주일은 더 생명의 불꽃을 1개씩 주는 게 좋을 듯했다.

머릿속으로 계산을 마친 뒤에 말했다.

"앞으로 일주일간 더 치료를 진행하도록 하겠습니다."

그러자 데이나 리트린은 맥런 회장과 이야기를 나누더니, 이윽고 내게 말했다.

"그 정도로는 부족하다고 하십니다."

"네?"

"회장님께서는 완쾌되었다는 확실한 의사 소견이 있기 전까지는 치료가 계속되어야 한다고 말씀하십니다."

나는 황당함을 느꼈다.

'그러고 보니 이런 경우를 생각 못했구나.'

치료는 완쾌될 때까지.

하지만 생명의 불꽃이 건강에 좋으니 완쾌된 이후에도 그걸 숨기고 계속 치료를 요구할 수도 있는 것이었다.

'아예 치료 기간을 확실하게 못 박아야겠구나.'

저 요구를 들어주면 맥런 회장은 계속 탐욕스럽게 불꽃을 요구할 터였다. 의사 소견 따위야 조작을 했는지 알게 뭔가.

내가 말했다.

"치료 기간은 총 2주입니다."

"전에는 분명히 완쾌될 때까지라고 했었지요?"

"죄송하지만 생각이 바뀌었습니다. 치료 기간은 무조건 2주입니다."

"2주 이내에 치료되지 않는다면 어떻게 책임지시겠습니까?"

"책임은 지지 않을 겁니다. 치료 기간은 완쾌와 상관없이 무조건 2주. 그게 마음에 안 드신다면 우리의 거래는 여기까지로 하죠."

데이나 리트린은 다시 맥런 회장과 대화를 나눴다.

그가 말했다.

"계약했던 것과 얘기가 다르다고 하십니다. 분명 완쾌될 때까지라고 계약했고, 그중 1억 불을 선지급했습니다."

"그건 일주일간 시범 치료를 한 대가였고, 분명 마음에 들지 않으면 그걸로 거래는 끝난다고 했었죠. 그리고 맥런 회장님께서는 어젯밤에 충분히 효과를 확인하셨을 텐데요. 사실상 이미 완치되었다고 해도 되지 않을까요?"

"그건 의사만이 알겠지요. 우리 측에서 의사의 소견서를 보여드리도록 하겠습니다."

"필요 없습니다. 거래는 끝났습니다. 가죠."

나는 돌아서서 차지혜와 함께 맥런 회장의 스위트룸을 떠나려 했다.

그때 등 뒤에서 데이나의 말이 다시 들렸다.

"잠시만 기다려 주십시오."

나는 뒤를 돌아보았다.

데이나는 특유의 싱긋한 미소를 지어 보이며 말했다.

"회장님께서 당신에게 협상을 모르는 재미없는 사람이라고 하시는군요."

"전 그런 협상이 재미없으니까요."

"하지만 아레나에서 살아남으려면 때로는 익숙해지셔야 할 겁니다."

"……."

"보름."

"일주일입니다."

"타협점을 조금은 맞춰보지 않겠습니까? 우리와 함께 있을 수록 여러분도 리창위의 위협에서 안전하지 않습니까."

"나머지 대가인 1만 카르마 상당의 아이템을 먼저 받고 치료에 착수해서 열흘. 더는 양보하고 싶지 않습니다. 앞으로도 저는 무조건 치료 기간을 2주로 못 박을 생각입니다."

데이나는 맥런 회장과 상의를 했다.

"좋다고 하십니다. 그리고 약속한 대가는 지금 드리겠습니다."

데이나는 손을 위로 뻗었다.

파파팟!

아이템 백팩 20개가 소환되어 쏟아졌다. 500카르마짜리 대형 아이템 백팩들. 도합 1만 카르마 상당이었다.

또다시 엄청난 카르마를 얻게 되었다.

나는 떨리는 심정으로 아이템 백팩들을 챙겼다. 하나씩 소유권을 내 것으로 가져오고 소환해제하여 사라지게 했다.

"그럼 오늘부터 열흘, 치료에 착수하겠습니다. 생명의 불꽃!"

화르륵!

내 손에 불덩어리가 생성되었다.

나는 그것을 데이나에게 건네주었다. 조심스럽게 받아 든 데이나는 맥런 회장에게 전달했다.

맥런 회장은 즉시 그걸 자기 가슴에 밀어 넣었다. 활력이 솟는 기분을 만끽하는지 눈을 감고 여운을 느낀다.

"그럼 이만 돌아가겠습니다."

"그러십시오."

난 차지혜와 함께 우리의 스위트룸으로 돌아왔다.

"소환, 아이템 백팩 네 개."

가방 네 개가 쏟아졌다.

나는 그것들을 차지혜에게 건네주었다.

"가지세요."

"주시는 겁니까?"

"지혜 씨 덕에 전에 키 작은 중국 놈을 처치할 수 있었잖아요. 그간 많이 신세진 것도 있고, 이 정도는 해드려야죠."

"감사합니다."

차지혜는 별달리 사양하지 않고 척척 가방을 주워 들었다.

이 여자는 정말인지 겸양이 없고 시원시원해서 좋다.

"마침 아이템백이 필요했는데 하나는 그냥 써야겠군요."

"전부 카르마로 안 바꾸시고요?"

"야생에서 식량과 식수를 구하는 일도 큰일입니다. 그걸 생략할 수 있다면 행동이 더 빨라지죠."

그건 그렇겠구나. 나야 실프 덕분에 사냥이 어렵지 않았지만 그녀는 나름 고생이었겠다.

차지혜는 나머지 세 개만 카르마로 환불하여 750카르마를 획득했다.

나도 가방 열여섯 개를 4,000카르마로 바꿨다.

'협상이 잘되어서 다행이다.'

사실 스미스 맥런이 폭력과 협박으로 나를 겁박할까 봐 두려웠다.

데이나 리트린.

무려 공식 랭킹 1위라는 엄청난 시험자를 수행원으로 거느리고 있었으니 충분히 가능했을 터였다. 하지만 다행히 스미스 맥런은 지극히 상식적인 인물이었고, 정당한 거래를 한 관계로 남을 수 있었다.

나는 남은 4,000카르마를 어떻게 써야 하지 차지혜와 상의했다.

차지혜가 말했다.

"김현호 씨의 주요 공격 수단인 총기의 위력은 이미 스킬적인 부분에서 더 강화할 방법이 없어 보입니다."

"그렇죠?"

내 생각도 그렇다.

탄약보정 스킬을 마스터해서 강철도 뚫을 정도의 위력을 내게 되었고, 거기다가 정령술까지 사격에 응용한다.

어떤 시험자든 내 총에 무방비로 맞으면 골로 간다고 봐야 했다. 카르마를 스킬에 투자해 봐야 총기의 위력 자체는 변함이 없었다.

"정령술에 투자할까요?"

"현재 중급 2레벨이시니 딱 4,000카르마로 중급 4레벨까지 올리실 수 있을 겁니다. 그다지 극적인 효과는 나지 않겠지요."

"흐음, 그야 그렇죠."

"게다가 생명의 불꽃으로 정령술을 키울 수 있다고 하셨는데, 카르마는 다른 곳에 쓰는 게 어떻겠습니까?"

"그럼 어떤 스킬을 올려야 할까요? 새로운 스킬을 습득해야 할지……."

"권총 두 정 외에 가지신 무기가 여전히 모신나강이시죠?"

"예."

"그럼 소총을 다른 걸로 바꿔보시는 건 어떻겠습니까?"

"모신나강을요?"

"예, 대물 저격소총을 쓰시면 어떨까 싶습니다."

"대물 저격소총이 뭐죠?"

"원거리에서 전차나 수송차량 등을 저격하는 데 쓰이는 소총입니다. 장갑도 뚫어버리는 총기인데 김현호 씨가 사용하면 어떻게 되겠습니까?"

"아……."

사람이 아니라 전차·수송차량을 상대하려고 만들어진 소총. 차지혜의 설명에 따르면 벽 뒤에 숨은 적까지 사살해 버리는 엄청난 화기라고 했다.

탄약보정 마스터에 실프와 카사로 위력을 극단적으로 높일 수 있는 내가 사용한다면……!

"상대가 공격을 인지하지 못하고 있다는 가정하에서는 리창위도 한 방에 끝날 것 같습니다만."

"진짜 그렇겠네요! 그럼 대물 저격소총을 알아봐야겠어요."

나는 일성그룹의 이정식 비서실장에게 연락을 해보기로 했다.

─무슨 일이십니까?

제3비서실의 이정식 실장이 늘 그렇듯 사무적인 어조로 전화를 받았다.

"대물 저격소총을 구할 수 있을까요?"

─문제없습니다. 국방부의 협조도 얻을 수 있으니 한국군이 보유한 무기라면 며칠 안에 구할 수도 있습니다.

"좋네요. 그럼 최대한 빨리 부탁드릴게요."

기대되는군.

웬만한 대형 괴물도 한 방에 날려 버릴 수 있는 엄청난 무기가 곧 내 손에 들어온다. 물론 위력만큼이나 아이템화에 많은 카르마가 소모될 테지만 말이다.

'4,000카르마 이내에서 아이템화할 수 있기를 바라야지.'

카르마를 어디다 써야 할지 대충 정해놓자, 나는 문득 차지혜의 앞으로의 거취 문제가 신경 쓰였다.

"지혜 씨는 이제 어떻게 하실 생각이시죠?"

"물론 시험을 클리어할 겁니다만."

"아뇨, 아레나 말고 현실에서요."

"아직 제 생존 사실을 들킬 수는 없습니다. 김중태 소장은 자신의 비리를 알고 있는 저를 어떻게든 사살하려 들 겁니다."

"지혜 씨를 걱정하는 사람이 있지 않나요? 가족이라든가 애인이라든가……."

"가족도 애인도 없습니다."

차지혜는 잘라 말했다.

"혹시 제가 함께 있는 게 불편합니까?"

"예? 아, 아뇨, 그럴 리가요."

"그럼 앞으로도 신세지겠습니다."

"……."

# 4장

스킬의 변화

우리는 룸서비스를 시켜서 저녁 식사를 했다. 그리고 테라스에서 맥주를 마시며 이야기를 나눴다.

왠지 성격상 불필요한 잡담을 싫어할 것 같은 차지혜였지만 의외로 나와 잘 어울려 대화를 주고받았다.

그녀의 인생은 굴곡이 있었다.

"어릴 때 부모님께서 교통사고로 돌아가시고 고아원에서 지냈습니다. 고아원에 자주 찾아와 봉사활동을 하시는 체육관 관장님이 계셨는데, 그분께 무에타이를 배웠습니다. 그게 유일한 낙이었습니다."

"……"

"하지만 관장님이 체육관을 정리하고 다른 곳으로 이사를 가시면서 저는 또 혼자가 되었습니다. 학비가 없어서 대학은 꿈도 못 꿨고, 군 입대가 제가 선택할 수 있는 가장 좋은 진로였습니다. 제 체질에도 맞았고요."

맥주 몇 캔을 비우며 테라스 밖의 야경을 바라보는 차지혜.

그녀는 문득 나를 스윽 응시하더니 미소를 지었다.

"김현호 씨뿐입니다."

"뭐가요?"

"김현호 씨가 제게 가장 가까운 사람입니다."

그 말에 나는 순간적으로 가슴의 두근거림을 느꼈다.

밤이라서 그런가.

민정과 사실상의 이별 단계를 밟고 있어서인가. 아니면 술이 들어가서인가.

원채 미모가 뛰어났던 차지혜였지만, 오늘따라 유난히도 예뻐 보였다.

"이젠 사망 처리가 되었으니 김현호 씨가 제 존재를 아는 유일한 사람입니다. 이상하지 않습니까?"

"네, 이상하네요."

아무렇지 않은 어조였지만 나는 그녀의 공허함과 고독감을 느낄 수 있었다.

나는 공감할 수 있었다.

내게도 내 모든 비밀을 믿고 털어놓을 수 있는 유일한 사람은 그녀였다.

민정에게도 끝내 말할 수 없었던 비밀. 그것을 차지혜와는 공유할 수 있었다.

이미 한 번 나를 위해 죽은 그녀가 내가 세상에서 가장 믿을 수 있는 여자였다.

"미안해요."

"무엇이 말입니까?"

"저 때문에 죽은 거요."

"괜찮습니다."

"괜찮을 리가 없잖아요. 저만 아니었으면 시험자가 될 필요도 없었고, 계속 살아 있을 수 있었을 텐데."

"살아 있는 게 뭔지 모르겠습니다."

"네?"

"현실에서 29년을 살았는데 살아 있는 게 무엇인지 알 수 없었습니다. 그냥 숨을 쉬니까 제게 주어진 시간을 무감각하게 보낼 뿐이었습니다."

"……."

"그래서 시험자들에게 관심이 많았습니다. 한국아레나연구소에서 일하기 시작하면서 보람을 느꼈습니다. 죽음과 싸우는 사람들을 곁에서 지켜보면서 살아 있는 느낌을 간접적으로 느꼈습니다."

차지혜는 맥주 한 캔을 더 뜯으며 말했다.

"산다는 건 다가오는 죽음과 싸우는 겁니다. 저는 그것을 동경했고, 그래서 죽음을 맞이했을 때 시험자가 되는 길을 택했습니다."

"원하셨다고요?"

"예, 일부러 스릴을 찾아 즐기는 성격은 아닙니다만, 저는 시험이 좋습니다. 제게 없던 삶의 목표를 제시해 주고, 아레나에서 보낸 지난 15년간 죽음을 가까이 하면서 제가 살아 있다는 것을 느끼게 해줍니다."

나는 어째서 그녀에게서 강인함이 느껴졌는지 알 것 같았다.

죽음을 두려워하지 않는 용감함.

죽는 것이 두렵고 삶에 대한 미련이 많은 나로서는 흉내 낼 수 없는 강인함이었다.

"그럼 시험을 모두 클리어하면 어쩌실 생각이에요?"

"모르겠습니다. 일단 현실에서는 김중태 소장을 응징한다는 목표가 있긴 합니다만, 시험을 클리어했을 즈음에는 그걸 이미 달성하지 않을까 싶습니다."

나는 고개를 끄덕였다.

김중태 소장을 사살하는 일이라면 사실 지금도 가능했다.

멀리서 저격해 버리면 그만이니까. 다만 그 후폭풍을 감당하기 어려울 뿐이다.

"평범한 삶은 꿈꾸지 않으시나요? 사랑하는 사람 만나서 결혼하고 아이를 낳고, 그런 삶이요."

"그런 미련은 없습니다. 아마 저는 이미 고독에 너무 익숙해진 것인지도 모르겠습니다."

차지혜는 자리에서 일어났다.

"먼저 들어가 쉬겠습니다."

"예."

차지혜가 방으로 들어가고 난 후에, 나는 홀로 그녀에 대해 생각해 보았다.

'확실히 달라졌어.'

그녀 스스로는 자각하지 못하는 듯했다. 하지만 내가 보기에 그녀는 확실히 예전과 달라져 있었다.

아레나에서 보낸 15년간 그녀는 고독에 익숙한 사람이 되어 있었다.

어쩌면 죽어서 시험자가 되기 이전에도 마음속에 품고 있었던 고독이 표출된 것인지도 몰랐다.

'나도 시험을 계속 치르고 나면 저렇게 되는 걸까?'

나 또한 갈색산맥에서 엘프들과 수년을 보냈지만, 그녀처럼 긴 세월을 아레나에서 지내지는 않았다.

긴 시간을 싸움으로 보내고 나면 나 또한 그녀처럼 외로워질지도 모르겠다는 생각이 들었다.

'어찌 되었든 상관없어.'

살 수만 있다면……

수많은 고난을 뚫고서 끝내 살아남을 수만 있다면 그런 건 아무래도 좋았다. 난 내 목숨이 너무나 아깝다.

\*　　　\*　　　\*

맥런 회장을 치료하면서 사흘을 보냈을 때, 이정식 비서실
장에게서 연락이 왔다.

─말씀하신 무기를 구했습니다. 크기가 워낙 큰 물건이라
공개된 장소에서 인계해 드리기가 곤란합니다.

"제가 가겠습니다. 어디로 가야 할까요?"

─충북 진천군의 그 산장이 괜찮을 듯합니다.

"알겠습니다."

이곳 인천에서는 좀 먼 거리지만 하는 수 없지. 차를 타고
바람같이 다녀와야겠다.

무기를 가지러 간다고 하니 차지혜도 따라가겠다고 나섰다.
하기야, 혼자 호텔에 있어 봤자 달리 할 일도 없을 테니까.

포르쉐 카이엔을 타고 나는 그야말로 미친 듯이 밟았다.

그깟 과속딱지 얼마든지 끊어주겠다는 마음으로 마음껏 속
도를 냈다.

포르쉐는 역시 포르쉐랄까. 다른 차를 운전해 본 적은 없지
만 밟으면 밟는 대로 쭉쭉 나가는 느낌이 짜릿했다.

보조석에 앉은 차지혜 또한 내가 아무리 속력을 내도 전혀
개의치 않아 했다. 도리어 칭찬을 했다.

"운전을 잘하십니다."

"운동신경 덕분에요."

상급 1레벨의 운동신경은 나를 베스트 드라이버로 만들었
다. 이젠 뭐, 차를 내 몸처럼 섬세하게 다루는 경지였다.

그렇게 질주를 한 끝에 예의 그 산장에 도착했다.

여기서 박진성 회장과 함께 사냥을 하던 게 엊그제 같은
데……

"오셨습니까?"

이정식 실장을 비롯해 제3비서실의 몇몇 사내가 보였다.

그들은 커다란 검은 밴에서 검정색 커다란 케이스를 꺼냈
다.

케이스에서 꺼낸 무기는…….

"헉!"

나는 절로 침음을 삼켰다.

전장(全長)만 1.5m는 족히 될 법한 육중한 검정색 소총이 괴
물 같은 자태를 드러냈다.

"AW50F라는 물건입니다. 경찰특공대에서 쓰던 물건을 얻
어왔습니다."

그러자 차지혜가 나보다도 먼저 다가가 AW50F를 건네받았
다.

총을 건넨 사내는 차지혜가 한 손으로 가볍게 받아 들자 깜
짝 놀란 눈치였다.

"707특임대에서도 쓰는 물건입니다. 직접 만져보긴 처음입
니다."

차지혜는 흥미가 생겼는지 총으로 이리저리 조준해 보고 개
머리판을 접었다 폈다 하며 만지작거렸다.

나는 스마트폰으로 AW50F를 검색해 보았다.

검색 결과로 나타난 AW50F의 재원은 다음과 같았다.

· 종류: 볼트액션
· 구경: 12.7㎜
· 탄약: 50BMG
· 급탄: 10발 들이 탈착식 탄창
· 전장: 1,350㎜
· 중량: 13.5㎏
· 유효사거리: 1,500m


'허, 이것 참.'

보통 K2 같은 소총에 널리 쓰이는 보편적인 총알이 5.56㎜다. 그런데 이 총은 그 두 배가 넘는 12.7㎜!

'이런 걸로 사람을 쐈다가는 아주 산산조각이 나겠네.'

상상만 해도 끔찍했다. 되도록 사람을 쏠 일이 없었으면 좋겠는데.

"한번 쏴보십시오."

"헉!"

타이밍이 공교로운 차지혜의 말에 나는 화들짝 놀랐다.

"뭘 그리 놀라십니까?"

"아, 아뇨. 이리 주세요."

차지혜가 AW50F를 던져주었다. 13.5㎏이나 나가는 물건이지만 나는 한 손으로 너끈히 받아냈다. 과연 모신나강보다 훨씬 육중한 무게가 느껴진다.

"탄은 여기 있습니다."

이정식의 말에 사내들이 탄 박스 여러 개를 가져왔다.

나는 차지혜의 도움을 받아서 탄창에 50BMG탄 10발을 넣고 총에 장착했다.

볼트를 잡아당겨 장전하고서 들어 올려 조준했다.

'어딜 쏠까?'

나는 고민 끝에 근처에 있던 커다란 바위를 조준했다. 모신 나강에는 없었던 조준경이 달려 있어서 조금 어색한 기분이 들었다.

"실프, 카사."

—냥.

—멍!

두 정령이 나타났다.

정령들을 알아서 내 어깨 위에 올라타 내가 들고 있는 AW50F에 집중했다.

"실프, 총성을 없애줘."

—냐앙.

실프가 고개를 끄덕였다.

'좋아.'

대물 저격소총에 탄약보정, 실프, 카사. 내가 낼 수 있는 최고의 위력이다!

나는 방아쇠를 당겼다.

실프의 소음차단에 의해 총성은 없었다. 하지만 묵직한 반동과 함께 총알이 공기를 찢어발기는 소리가 무섭게 울려 퍼졌다.

그와 거의 동시에,

콰아앙!

커다란 바위가 박살 났다.

말 그대로 박살이었다.

바위는 십여 개의 작은 바위가 되어 사방팔방에 굴러다녔다.

그 커다란 바위를 거침없이 박살 낸 위력에 나는 어안이 벙벙해졌다.

이정식 실장과 비서실 사내들도 경악에 찬 표정들이었다.

그나마 무표정인 차지혜가 덤덤히 말했다.

"적어도 이걸 맞고 무사할 사람은 없겠습니다."

"그, 그러게요."

나는 이 AW50F가 마음에 쏙 들었다.

아무리 먼 거리라도 명중률 100%로 저격할 수 있는 실프도 있으니, 이것만 있으면 천하무적이 될 것 같았다.

"석판 소환."

석판이 나타났다.

"이걸 아이템화하고 싶다."

그러자 석판의 글씨가 꿈틀거리며 변했다.

—ᑭ山ᔕᒻᖴ: 볼트액션 방식의 대물 저격소총. 대구경탄을 사용하여

위력이 매우 높고, 내구력 또한 우수합니다. (—3,3㎜)

  ＊유효사거리: 1,5㎜m

  —3,3㎜카르마로 AW50F를 아이템화하겠습니까?


  —잔여 카르마: +4,㎜㎜


  '역시 비싸다!'

  3,300카르마라니! 시험 하나를 뛰어난 성적으로 클리어해야 얻을 수 있는 카르마 아닌가.

  그걸 무기 하나에 꼬라박는 것이다.

  '하지만 그럴 가치가 있어!'

  나는 기꺼이 아이템화에 승낙했다.


  —AW50F가 아이템으로 등록되었습니다. '무장'과 '무장해제' 명령으로 자유롭게 소환할 수 있습니다.

  —3,3㎜카르마가 차감되었습니다.


  —잔여 카르마: +7㎜㎜


  AW50F라는 엄청난 대물 저격소총이 내 새로운 무기가 되자 마음이 든든해졌다.

  '생각난 김에 정리를 해야겠다.'

  가공간에서 모신나강에 쓰이는 7.62㎜ 총알을 전부 꺼내 이정식 실장에게 처리를 부탁했다.

그리고 모신나강은 카르마로 환불받았다.

가늠자와 가늠쇠를 없애 버려 200카르마에 아이템화하였던 모신나강은 100카르마로 환불되었다.

이제 잔여 카르마는 800.

'이걸로 어떤 스킬을 올릴까?'

당장 레벨을 올린다 해도 전투에서 크게 효과를 볼 만한 스킬은 없었다.

'그러고 보니 총알이 모신나강의 것보다 더 커졌지?'

AW50F에 사용되는 탄 50BMG는 굉장히 컸다.

스킬합성으로 만들어낸 가공간은 가로, 세로, 높이가 110㎝씩인 넉넉한 수납 공간을 제공한다.

하지만 닐슨 H2의 357매그넘탄도 넉넉하게 챙겨야 한다는 점을 감안하면 결코 공간이 여유롭다고 할 수 없었다.

'그래. 공간을 충분히 넓혀서 식량과 식수도 넉넉하게 확보하자.'

나는 초급 4레벨이었던 가공간 스킬에 카르마를 전부 썼다.

초급 5레벨, 중급 1레벨로 두 단계 올리는 데 700카르마가 소모되었다. 그런데 가공간이 중급 1레벨이 되자 놀라운 변화가 발생하였다.


ㅡ가공간(합성스킬): 가상의 공간을 만들어 물건을 수납합니다. '넣어', '꺼내' 명령어로 수납이 가능합니다.

*중급 1레벨: 200×200×200cm, 전자기기의 수납 및 반입이 가능해집니다.

'전자기기?'

그럼 노트북도 가져갈 수 있는 건가? 스마트폰도?

아레나에는 위성이 없으니 통신이 안 되지만 그래도 스마트폰은 쓸모가 많을 것 같다.

카메라도 찍을 수 있고 여러 가지 유용한 어플도 많으니까.

'스마트폰을 태양열 충전기랑 같이 가져가 봐야겠다.'

여유 공간도 가로세로 높이 2m로 아주 넓어졌다. 식량처럼 필요한 것들을 넉넉하게 챙겨가도 될 듯했다.

AW50F와 50BMG탄을 인계받은 후에 나는 차지혜와 함께 호텔로 돌아갔다.

돌아가는 길에 나는 차지혜에게 가공간 스킬의 변화를 말해주었다.

"전자기기가 허용된다는 말씀이십니까?"

"네."

"대단한 일입니다. 미국에서 아레나에서 인공위성을 쏘아 올리려는 프로젝트를 벌였습니다만, 결국 실패했습니다."

"저도 그 얘기는 들은 적이 있었어요."

"아예 재료만 가져가서 아레나에서 제작하는 방법까지 시도했습니다만, 아예 지구의 과학기술이 허용되지 않았습니다."

"그런데 제게는 그게 가능한 거군요?"

"그렇습니다. 아마도 김현호 씨의 특수스킬인 스킬합성 덕에 그런 스킬이 탄생한 듯합니다."

"인공위성이라……."

정찰위성 같은 걸 아레나 상공에서 띄워서 일대를 감시할 수 있게 되면 정말 끝내주겠지.

위성을 통해 서로 원거리 통신도 가능해지고 여러 모로 편리해지겠지.

"어쩌면 김현호 씨는 생명의 불꽃보다 훨씬 중요한 스킬을 얻은 것인지도 모릅니다."

차지혜가 말했다.

"미국이 아레나에서 인공위성을 띄우려 했던 이유는 간단합니다. 위성을 통해 정보·통신을 장악하면 아레나에서의 패권을 쥘 수 있기 때문입니다. 시험자의 숫자가 많은 중국 시험단을 압도하는 것도 시간문제입니다."

"……그럼 미국은 아레나에서 대기권 밖으로 위성을 띄워올릴 수단이 있다는 뜻이네요."

"그럴 겁니다. 듣기로는 마정을 추진 동력으로 삼고 마법과 과학기술을 결합하려 했다고 했습니다."

"위성이라……."

크기가 10㎝도 되지 않는 초소형 위성은 일반 기업이나 대학, 심지어 개인도 띄워 올릴 정도였다.

대기권 밖으로 띄워 올릴 수 있는 추진 수단만 확보된다면 원거리 통신이 가능해진다.

이것만으로도 대단한 이점이었다.

"미국은 믿을 수 있는 나라일까요?"

내가 물었다.

"미국은 철저히 이익에 따라 움직입니다. 서로 이익을 얻을 수 있다면 합리적인 관계를 이룰 수 있습니다."

"이익이라……."

나는 고민이 깊어졌다.

만약 통신위성을 띄워 올린다면 갈색산맥의 엘프들과 울펜 부르크 백작가의 오딘 등과 언제든 연락할 수 있게 된다.

고작 연락수단일 뿐이지만 장기적인 관점에서 본다면 그처 럼 강력한 이점은 없었다.

소통이 원활해지면서 서로 멀리 떨어져 있어도 긴밀한 협력 이 가능해지기 때문이다.

"미국은 잘 모르겠고, 일단은 믿을 만한 노르딕 시험단의 오 딘과 상의를 해봐야겠어요."

"괜찮은 선택입니다. 노르딕 시험단도 힘과 역량이 있는 집 단입니다. 현시점에서 가장 우호적인 세력이고 말입니다."

말이 나온 김에 오딘에게 전화를 해보기로 했다.

─전자기기를 아레나로 가져갈 수 있다고 하셨소?

"예."

─그것참 대단하군. 아레나에서 사용할 수만 있다면 매우 유용할 전자기기가 한두 가지가 아닌데 말이오.

"그래서 말인데, 미국에서 아레나에 위성을 쏘아 올리려는 시도를 했었다고 들었습니다."

─위성? 그렇군! 김현호 씨라면 그게 가능하겠어!

오딘은 흥분했다.

"제가 충분히 가져갈 수 있는 초소형의 통신위성을 띄워서 원거리 통신망을 구축하면 어떨까 싶어요."

─멋진 생각이오. 미국뿐만이 아니라 모든 나라의 시험자들이 서로 통신할 수 있는 수단을 찾고 있는 실정이었소.

오딘의 설명에 의하면 아레나에도 원거리 통신 수단이 없는 건 아니라고 했다.

바로 통신 마법인데, 다만 통신 마법을 쓸 수 있어야 한다는 것과 거리 제한도 있다고 한다.

"저는 그 부분에 있어서 노르딕 시험단과 협력 관계를 맺고 싶습니다. 노르딕 시험단도 시험자들끼리 통신이 가능해지면 이점이 많겠죠?"

─당연한 말씀이시오. 그 부분에 있어 우리와 협력해 준다면 우리는 아주 후한 대가를 지불할 용의가 있소.

오딘은 적극적으로 내 제안에 수락해 왔다.

─일단은 우리 노르딕 시험단의 기술연구원들과 상의를 해 보겠소. 작고 가벼운 통신위성 정도라면 궤도로 띄울 수 있는 추진 방법이 있을 거요.

"예, 그럼 연락을 기다리겠습니다."

통화를 마치고서, 차지혜가 말했다.

"아마 노르딕 시험단은 김현호 씨를 영입하려 할 겁니다."

"그렇겠죠."

"미국도 간절히 원했지만 실패한 일을 김현호 씨는 할 수 있습니다. 가공간 스킬 레벨이 높아지고 공간이 넓어지면 첩보 위성도 실어 나를 수가 있을 테고요. 아무리 과한 요구라도 노르딕 시험단은 들어줄 겁니다."

"으음, 어떤 요구를 해볼지 생각해 봐야겠네요."

돈은 중요치 않다.

돈벌이 따윈 생명의 불꽃으로도 얼마든지 벌 수 있다.

가장 먼저 요구해야 하는 것은 내 가족의 신변 안전이었다.

물론 지금도 박진성 회장의 도움으로 가족들의 신변을 비밀리 감시하는 사람들이 있다.

하지만 그것만으로는 부족했다.

중국을 견제해 줄 수 있는 세력이 필요했다.

우리나라는 그걸 해주지 못한다. 한국아레나연구소의 총책임자인 김중태 소장이라는 새끼가 나를 중국에 팔아넘기지 않았는가.

하지만 노르딕 시험단이라면 가능할 것이다. 중국 시험단을 증오하는 오딘의 성향도 있고 말이다.

호텔에 도착했을 때였다.

위잉, 위잉.

오딘에게서 다시 전화가 왔다.

"여보세요?"

―연구진의 의견을 듣고 바로 연락하는 거요. 결론부터 말하자면 가능하다더군. 초소형 통신위성쯤이야 만드는 게 그리 어려운 것도 아니고 쉽게 구할 수 있소.

"궤도에 올려놓는 수단은요?"

―마정을 동력으로 한 추진 장치를 제작할 수 있다고 했소. 다만 당장 한두 달 만에 뚝딱 준비할 수 있는 일은 아니오.

"아무래도 그렇겠죠."

―아무튼 한번 덴마크를 다시 방문해 주지 않겠소?

"덴마크로요?"

―그렇소. 말씀하셨던 위성 문제도 그렇고, 여러 가지로 협의해야 할 게 많소. 당신의 치료가 필요한 사람도 있고 말이오.

"치료?"

또 큰돈을 벌 수 있겠군.

―김현호 씨가 이곳에 있는 동안 당신의 가족들은 우리 경호팀이 철저히 보호하겠소.

"중국 시험단이 나서면 일반 경호팀으로는 어림도 없잖아요."

―시험자 셋을 한국에 파견하겠소.

"세 사람이나 되는 시험자를 제 가족 보호를 위해서요?"

나는 깜짝 놀랐다.

오딘이 말했다.

―물론 그들은 유사시에만 나설 거요. 한국 관광을 원하는

시험자들을 지원받았소.

그 정도면 충분히 가족들의 안전이 보장될 것 같았다.

그런데 문득 나는 차지혜가 떠올랐다.

사망 처리가 된 차지혜는 출국심사를 통과하지 못한다.

"차지혜 씨는 어떡하죠?"

―문제없소. 한국 주재 덴마크 대사관을 통해서 비밀리 출국할 수 있게 조치하겠소.

"그럼 그렇게 부탁드리겠습니다. 맥런 회장의 치료가 끝나는 일주일 뒤가 좋을 것 같습니다."

―알겠소. 그때 사람이 찾아갈 거요.

*　　*　　*

치료가 끝나고 맥런 회장과 데이나 리트린은 한국을 떠났다.

작별하면서 맥런 회장은 나에게 미국으로 귀화하지 않겠냐는 제안을 해왔다.

"김현호 씨의 능력이라면 미국에서 귀빈으로 대우받으며 살 수 있습니다. 그리고 미국은 중국의 위협으로부터 당신을 보호할 힘이 있지요. 회장님께서 당신의 후원자가 되어주시겠다고 하십니다."

"좋은 제안이군요. 진지하게 고민해 보겠다고 전해주세요. 호의에 감사드립니다."

나는 가볍게 대꾸해 주었다.

맥런 회장도 더는 권하지 않고 웃어 보이며 인천공항으로 떠났다.

'맥런 회장이 주목하는 건 생명의 불꽃 정도지.'

중급 1레벨이 된 가공간의 효능을 알았다면 눈에 불을 켜고 날 영입하려 들었을 것이다.

호텔에서 체크아웃하고 차지혜와 함께 집으로 돌아왔다.

문득 전화가 왔는데 현지였다.

"뭐냐, 닭."

─닭이라고 하지 말라고!

머리도 나쁜 주제에 끝내 프라이드는 버리지 못한 현지였다. 주요 기업들이 전반기 공채를 시작했지만 우리의 현지는 아직 취업 소식이 없었다.

─오빠 민정이랑 무슨 일 있었어?

"……왜?"

─민정이가 회사 근처에 있는 원룸으로 이사 간다고 전해달래.

내가 마련해 주었던 방에서 나온 모양이었다. 이걸로 완전히 끝난 것이다.

"그래? 알았어."

─알았어가 아니라, 대체 왜 싸운 거야?

"그냥 그런 일이 있어. 신경 꺼."

─이씨, 오빠 정말로 다른 여자 생긴 거 아냐?

"신경 꺼."

—신경이 안 쓰여? 그러게 누가 여동생 절친이랑 사귀래!

이것이, 넌 약점이 없는 줄 알아?

"그건 그렇고 너 요즘 카드 사용 내역 보니까 점점 씀씀이가 헤퍼지더라? 밥은 삼시세끼를 전부 사먹기 시작했고 카페를 하루에 몇 번을 가는 거야? 게다가 지난주에 28만 원짜리 구두는 내 허락도 없이……."

—나, 나 이만 바빠서 끊을게!

현지는 황급히 통화를 종료했다. 쯧, 까불고 있어.

그런데 통화를 종료하고 보니, 옆에서 차지혜가 무표정으로 나를 빤히 쳐다보고 있는 것이었다.

"여동생분이십니까?"

"네, 굉장한 골칫거리죠."

"그런 것치고는 굉장히 즐거워 보이십니다."

"그, 그런가요?"

"예."

"하하하."

나는 어색하게 웃으며 머리를 긁적였다.

"내일 덴마크로 가야 하니 먼저 들어가 준비하고 있겠습니다."

"네, 그러세요. 필요한 게 있으면 제 카드로 사시고요."

"알겠습니다."

차지혜는 자신의 방으로 슥 들어가 버렸다.

어쩐지 그녀가 외로워 보였다. 가족도 친구도 없는 그녀 앞에서 내가 너무 배려를 못한 건가?

나는 약간 죄책감이 들었다.

'앞으로는 조심해야지.'

*        *        *

다음 날, 덴마크 대사관 측에서 사람들이 찾아왔다. 우리는 그들을 따라 차량을 타고 이동했다.

"이것을 받으십시오."

그들은 우리에게 여권을 나눠주었다.

사진은 우리의 것인데 이름과 생년월일은 처음 보는 사람의 것이었다.

"임시로 만든 가짜 신분입니다. 비밀리 다녀야 할 때는 그 신분을 쓰십시오."

덴마크 당국에서 조치를 취한 덕분인지, 별도의 절차 없이 곧바로 비행기를 타고 출국할 수 있었다.

코펜하겐 공항에 도착해서는 당국에서 미리 준비시켜 놓은 차량을 타고 이동했다.

이번에는 늘 보았던 그 호텔 레스토랑이 아니었다.

"어디로 가는 거죠?"

내 물음에 동행한 대사관 직원이 어눌한 한국말로 대답했다.

"노르딕 시험단 본부입니다."

나는 깜짝 놀랐다.

그동안 오딘을 여러 차례 만나면서도 한 번도 가보지 못했던 노르딕 시험단 본부를 마침내 가보게 된 것이다.

차지혜는 여전히 감흥 없는 눈길로 창밖의 풍경을 바라볼 뿐이었다.

시험자가 된 후로 그녀는 아예 감정이 마모되어 사라진 듯이 보였다.

# 5장

동향

ARENA

차량은 코펜하겐 도심에서 멀리 떨어진 산간지역에 접어들었다.

제대로 포장도 되지 않은 산길을 오르더니, 숲 속에 숨겨진 중세 서양풍의 성채(城砦)가 모습을 드러냈다.

"와!"

동화나 만화로나 보았던 성을 보고 나는 감탄했다.

오래된 성을 현대식으로 개조한 것처럼 보였는데, 고풍스러움과 세련됨이 교차된 멋들어진 건축물이었다.

성문은 자동으로 여닫는 철문으로 되어 있었다.

직원이 차에서 내려 지문과 홍채인식을 하자 드르륵 하고 철문이 열렸다. 몇몇 사람이 마중을 나와 있었는데, 오딘과 닐슨도 보였다.

"어서 오시오."

오딘이 우리를 반갑게 맞이해 주었다.

"아직 살아 있었군."

내 쌍권총, 닐슨 H2를 만들어준 총기제작자 닐슨 오슬란도 퉁명하게 인사했다.

소개가 오간 후에 마지막으로 오딘, 닐슨과 함께 있던 반백의 중년 사내가 입을 열었다.

알 수 없는 외국어로 말하는 걸 보니 시험자가 아니었다.

오딘이 통역해 주었다.

"우리 시험단의 연구총책 빌헬름 하인쯔 씨요. 당신이 오기를 간절히 기다렸다는구려."

"반갑다고 전해주세요."

통역을 통해 인사를 나누고서 우리는 함께 본부 건물 안으로 들어갔다.

돌로 쌓아 지은 성채의 겉모습과 달리, 내부는 말끔한 현대식이었다.

3층의 테라스로 나오니 성 밖의 정경이 한눈에 들여다보였다. 맑고 푸른 하늘, 산, 숲, 현대식 건물이 하나도 안 보이는 중세적인 풍경이었다.

물론 테라스는 유리창으로 덮여 있어 찬바람이 들어오지 않고 난방이 잘되어 있었다.

우리 5인은 원형 테이블에 빙 둘러 앉았다. 사람들이 커피

와 쿠키를 가져다주었다.

오딘이 말했다.

"일단은 시험의 동향에 대해 알려주어야겠구려."

"경청하겠습니다."

"국제 아레나 연맹에 각국이 공유하는 정보를 종합해 보면 전 세계 시험자들의 시간대가 점점 일치해져 간다더군."

"시간대라면……?"

"김현호 씨도 알다시피 시험자마다 휴식 기간과 시험이 시작되는 날짜, 아레나에서 보내는 기간 등은 판이하게 달랐소."

"그렇죠. 여기 차지혜 씨도 얼마 전에 시험자가 됐는데 벌써 저와 같은 6회차에 아레나에서 15년이나 보냈으니까요."

차지혜는 미세하게 고개를 끄덕여 보인다.

오딘이 계속 말했다.

"그런데 그 시간대가 점점 동일해져 가고 있소."

시험자마다 아레나에서 보내는 시간이 다르다. 하지만 아레나에서 얼마나 보냈든 간에 현실에서는 하룻밤에 지나지 않는다.

아마도 이 시간의 괴리는 율법과 천사들이 무마시키고 있는 것으로 보인다.

"하나 묻겠소. 난 휴식 기간이 42일 남았는데 김현호 씨는 어떻소?"

나는 석판을 소환해 확인해 보고 깜짝 놀랐다.

"저도 42일 남았네요."

"그럴 수밖에. 지난번 갈색산맥의 엘프들 문제로 당신과 나는 서로 연관이 되어 있으니까. 반면에 차지혜 씨는 짧은 시일에 아레나에서 15년을 보냈다고 하셨는데 분명 외딴 오지에 계셨겠지?"

"그렇습니다."

차지혜가 대답했다.

오딘은 닐슨을 가리켰다.

"여기 닐슨 씨도 다른 시험자들보다 긴 시간을 아레나에서 보내고 있소. 사람이 접근하지 않는 오지에서 동떨어져 살기 때문에 그러한 시간의 괴리가 쉽게 해결되지."

시험자들이 보통 인적 없는 오지에서 첫 시험을 시작하는 이유도 이러한 시간의 괴리 때문일 것이다.

"그럼 전 세계 시험자들의 시간대가 점점 일치하고 있다는 것은……."

"거의 대부분의 시험자가 점점 상호 연관되고 있다는 뜻이지. 더 구체적으로는 시험자들이 아레나의 현지 사회에 영향력을 발휘하기 시작했고, 시험의 최종 목적에 가까워지고 있다는 것을 뜻하오."

"그럼 조만간 누군가가 시험의 최종 목적을 달성할 수 있겠군요?"

시험의 최종 목적은 하나.

수많은 시험자 중 한 사람이라도 그것을 달성하면 시험은 종료되고 모든 시험자가 아레나로부터 해방된다.

물론 아직은 추측일 뿐이지만 지금껏 밝혀진 바에 따르면

신빙성은 충분했다.

"그러고 보니 저도 휴식 기간이 42일 남았습니다."

차지혜가 말했다.

오딘은 고개를 끄덕였다.

"그렇다면 당신도 다음 시험에서는 그 오지에서 나오겠구려. 이처럼 수많은 시험자가 시험의 최종 목적에 가까이 다가가고 있소. 하지만 그 최종 시험은 쉽게 해결할 수 없을 거요."

"어째서죠?"

"타락한 시험자들."

그 한마디로 모든 것이 설명되었다.

"중국이나 인도가 대표적이지만 그들 양국뿐만이 아니라 미국이나 일본 등 수많은 국가가 시험이 종료되기를 원치 않는 실정이오."

"마정 때문이겠죠."

"그렇소. 그대가 얼마 전에 만난 맥런 가문처럼 마정의 확보 및 연구에 많은 투자를 한 자본가들이 있소. 애석하게도 그러한 자본가들이 세상을 지배하고 있지."

"노르딕 시험단은 어떤가요? 노르딕 시험단도 시험이 계속되기를 원하나요?"

내가 물었다.

오딘은 나를 빤히 쳐다보았다.

"김현호 씨, 우리는 믿어도 좋소. 우리는 다른 국가 소속의 기관들과 다르오. 노르딕 시험단은 국가가 아닌 나를 비롯한 시험자들이 모여서 탄생했으니까."

오딘이 계속 말했다.

"그 이후에 국가의 지원을 받으며 공적인 단체가 되었지만 시험자들이 중심이 되고 있는 까닭에 시험의 클리어를 목표로 나아가고 있소."

난 차지혜를 쳐다보았다.

차지혜는 고개를 끄덕여 보였다. 오딘의 말이 거짓이 아니라는 뜻이었다.

"하지만 국가, 즉 정치가와 자본가들이 만든 국가기관들은 우리처럼 순수하지 않소. 중국처럼 노골적으로 행동하진 않지만 점차 시험 클리어를 방해하기 위해 움직일 거요."

이야기를 듣고 나니 마음이 무거워진다.

얼마 전에 치료해 준 스미스 맥런도 아레나 관련 사업에 막대한 투자를 한 자본가였다.

그 사업이 성공하려면 시험자들이 앞으로도 계속 아레나에서 마정을 가져와야 한다.

맥런 회장 같은 거물이 내 앞길을 막는 장애가 될지도 모른다는 생각에 두려워진다.

난 과연 시험으로부터 해방될 수 있을까?

"이런 이야기를 들려주는 이유는 당신을 영입하고 싶어서요. 물론 차지혜 씨도 마찬가지지요."

오딘이 말했다.

"한국 정부는 물론 박진성 회장도 당신들을 보호해 주지 못하오. 위협은 현실뿐만이 아니라 아레나에서도 가해질 거요. 그걸 타파하려면 우리처럼 몇 안 되는 순수한 시험자들끼리 뜻을 함께해야 하오."

"저도 동의합니다. 그래서 노르딕 시험단에 협조를 요청한 것이고요."

"잘 생각하셨소. 김현호 씨의 그 능력은 우리에게 큰 힘이 될 것이오."

일단 노르딕 시험단에 합류하는 것은 미루기로 했다. 일단은 그냥 협력 관계 정도로 일을 진행하기로 했다.

"그럼 슬슬 본론에 들어가야겠군. 일단 위성 문제는 잘 진행되고 있소. 스위스의 한 연구소가 개발 중이던 관측위성을 인수해서 정찰위성으로 개조하기로 했소."

"그래요?"

"궤도로 올려놓는 추진체도 마정을 동력으로 만들면 어렵지 않은데, 궤도를 계산하고 위성을 원격조종하는 문제 때문에 좀 더 연구가 필요하오."

오딘은 웃으며 말을 이었다.

"하지만 통신 문제는 둘째 치고, 아주 유용한 전자기기는 따로 있소."

"그게 뭐죠?"

"곧 보여주겠소."

그러면서 오딘은 연구총책 빌헬름 하인쯔와 뭐라고 대화를 나누었다.

빌헬름이 일어나 우리에게 손짓했다.

우리는 빌헬름의 뒤를 따라 어디론가 이동했다.

엘리베이터를 타고 지하 5층으로 내려갔다.

지하 5층은 연구소였다. 연구원으로 보이는 사람들이 컴퓨터와 씨름을 하거나 분주하게 돌아다닌다.

빌헬름은 우리를 더 깊숙한 곳으로 안내했다.

마침내 가장 안쪽의 연구실에 이르렀다.

직사각형의 큰 유리관 안에 웬 잠수복처럼 생긴 검정색 슈트 몇 벌이 보관되어 있었다.

한국아레나연구소에서 보았던 배틀슈트와 생김새가 흡사했다.

"배틀슈트 같은 건가요?"

내가 물었다.

오딘이 말했다.

"배틀슈트는 배틀슈트지. 하지만 북유럽의 첨단과학이 담겨 있는 물건이오."

아마도 어떤 전자장치가 탑재된 배틀슈트인 모양이다.

빌헬름이 웃으며 나에게 뭐라고 말하며 배틀슈트를 가리켰다. 말은 못 알아듣겠지만 아마도 나더러 입어보겠냐고 묻는 듯했다.

나는 고개를 끄덕여 보였다.

빌헬름은 유리관의 키패드에 비밀번호를 눌렀다.

위이잉.

유리관이 열렸다. 빌헬름은 배틀슈트 한 벌을 꺼내 내게 건네주며 한쪽에 커튼으로 쳐진 간이 탈의실을 가리켰다.

나는 탈의실의 커튼을 치고서 옷을 벗고 배틀슈트로 갈아입었다.

'등에 뭔가가 달려 있는데.'

지름 10cm 정도 크기의 작은 장치가 등 부분에 달려 있었다. 아마 이게 어떤 기능이 탑재된 전자장치인 듯했다.

특이하게도 이 배틀슈트는 손가락 발가락까지 전부 감싸고 있어서 입는 데 시간이 걸렸다.

나는 간신히 배틀슈트를 다 입고 탈의실에서 나왔다.

'응?'

이질적인 느낌이 들었다. 이상할 정도로 발걸음이 가벼웠던 것이다.

의아해하는 내게 오딘이 말했다.

"느낌이 어떻소?"

"몸이 가벼워졌어요."

"그뿐만이 아닐 거요."

오딘은 문득 나에게 손바닥을 뻗었다. 그리고 말했다.

"쳐보시오."

"네?"

"있는 힘껏 주먹질을 해보란 말이오."

"그러죠."

오딘은 오러 마스터에 이른 엄청난 강자.

내가 세게 펀치를 날린다고 손목이 부러지거나 하지는 않겠지.

나는 전에 배웠던 복싱의 자세를 취했다.

그런데 이상한 건 오딘의 태도였다.

오딘은 자세를 낮추고는 온몸에 푸른 오러를 일으킨 것이다. 강력한 공격에 대비하는 방어태세였다.

'내 펀치가 강하면 얼마나 강하다고 저러지?'

물론 체력보정 중급 5레벨이라 남성 엘프의 한계 수준의 육체를 지닌 나였다.

하지만 오러 컨트롤이 상급 레벨에 이르러서 오러 마스터가 된 오딘을 능가하지는 못한다.

이상한 기분이 들었지만, 어쨌거나 별일 없겠거니 싶어서 나는 힘껏 스트레이트를 뻗었다.

그런데,

슈우욱―

주먹이 마치 로켓처럼 힘차게 뻗어 나갔다. 내 팔을 누가 조종하는 것처럼 상상을 초월하는 강력한 힘이었다.

뻐어어억!

펀치가 오딘이 내민 손바닥을 강타했다.

오러를 끌어 올려서 버텼음에도, 오딘은 뒤로 주르륵 밀려나 버렸다.

"이, 이게 뭐죠?"

난 갑자기 증폭된 파워에 깜짝 놀라 물었다.

"인공근육입니다."

차지혜가 답을 주었다.

오딘은 고개를 끄덕였다.

"초기에 개발했던 제품이오. 입고 있는 의복은 아레나로 반입된다는 빈틈을 노려서 개발했었소. 결국은 아레나에서 작동되지 않는 바람에 실패했지만."

"이게 인공근육슈트라고요?"

나는 놀라서 입고 있던 인공근육슈트를 바라보았다.

잠수복처럼 적당히 얇고 날렵한 슈트였다. 이게 인공근육이라는 첨단기술이 담긴 슈트라니 놀라울 따름이었다.

"가볍고 얇아서 활동이 편한 대신 근력 증폭은 20배가 최대요. 대신 근육의 전기적 신호를 감지하여 인체의 힘을 측정하는 센서나 자세 제어 기술이 굉장히 우수하지. 입고 있으면 자기 몸처럼 힘 조절이 자연스러울 거요."

설명이 끝나기가 무섭게 연구총책 빌헬름이 내게 물이 담긴 종이컵을 내밀었다.

받아보라는 뜻이었다.

'증폭된 근력을 제어하지 못하면 종이컵을 구겨 버리겠지.'

나는 조심스럽게 종이컵을 받아 들었다.

"어?"

난 또다시 놀라고 말았다.

자연스럽게 종이컵을 받아 들었기 때문이다.

"괴, 굉장하네요."

탑재된 인공지능이 힘을 조절한 것.

마치 내 몸 같았다.

"그걸 아레나에 가져갈 수 있다면 어떨 것 같소?"

"이걸 아레나에서 쓰면 정말 대단하겠네요!"

지금의 내 육체도 체력보정 중급 5레벨이라 대단한 능력을 자랑한다.

그런데 지금 내 근력의 최대 20배까지 발휘할 수 있다?

점프력도 공격력도 달리는 속도도 덩달아 20배가 된다는 뜻 이다!

'게다가 센서가 너무 좋아. 전혀 부자연스럽지가 않아!'

엄지발가락에만 힘을 주어 살짝 점프를 해보았다.

훌쩍, 하고 나는 1미터 가량이나 뛰어올랐다. 단지 까치발을 들 듯 가볍게 뛰었는데 이 정도였다.

게다가 약한 종이컵을 여유롭게 쥘 정도로 조절도 잘된다. 방아쇠 당기려다 총을 부숴먹을 일은 없다는 뜻!

오딘이 말했다.

"우린 김현호 씨가 이 인공근육슈트를 아레나로 가져가주 기를 원하오. 그럼 두 분께도 한 벌씩 제공하는 건 물론이고, 별도의 합당한 대가를 지불하겠소."

연구총책 빌헬름도 뭐라고 이야기했고, 오딘이 통역해 주었 다.

"한 벌당 300만 프랑의 배송료를 지불하겠다는군. 그 밖에 도 우리 노르딕 시험단이 지속적으로 당신의 일가족을 보호해 주겠다는 조건도 걸겠소."

스위스 프랑으로 300만이면 원화로 33억 원가량이었다.

배송료치고는 굉장한 액수!

하지만 근력을 20배까지 증폭시켜 주는 인공근육슈트의 기능을 생각하면 비싼 값이 아니었다.

기본적으로 초인적인 체력을 가진 시험자들이 인공근육슈트를 쓴다면 어떻게 될까?

그 이점은 값으로 따질 수 없을 정도이리라.

'하지만 돈은 중요한 게 아니지.'

노르딕 시험단이라는 강한 단체를 내 편으로 만든다는 것에 의의가 있었다.

어차피 돈은 생명의 불꽃으로 얼마든지 벌 수 있었다.

나는 고개를 끄덕였다.

"일단은 10벌을 배달해 드리죠. 오딘 씨의 영지로 가져다주면 되겠죠?"

"그렇소. 내가 보관하고 있으면 우리 쪽 시험자들이 내 영지로 방문해서 한 벌씩 가져가면 되니까."

"배달해 드리는 김에 차지혜 씨의 것도 보관해 주세요."

"물론이오."

나는 10벌을 오딘의 울펜부르크 백작가로 가져다주는 대가로 3천만 프랑을 받기로 했다.

차지혜도 늪지대에서 나오면 기회가 될 때 울펜부르크 영지에 들러서 인공근육슈트를 받으면 된다.

우리는 그 밖에도 아레나로 가져갈 전자기기에 대해 많은 이야기를 나눴다.

노르딕 시험단은 내 가공간 스킬의 효능을 듣자마자 많은 아이디어를 구상한 듯이 보였다.

마정으로 출력을 극대화하여 전파를 광범위한 지역에 보내는 전파송수신기를 개발하고 있다고 했다.

그 전파에 미치는 범위 내에서 간단한 전화기로 통신을 할 수 있는 것이다.

"우리 노르딕 시험단도 그동안 마정 응용 기술을 적잖이 개발했고, 잘만 하면 최대 2,000㎞까지 커버할 수 있는 송수신기를 다음 시험이 다가오기 전에 개발할 수 있을 거요."

"2,000㎞나요? 정말 대단하네요."

"그 정도면 연락수단 때문에 통신위성 같은 거창한 걸 만들 필요도 없지 않겠소?"

"확실히 그렇네요."

서울에서 부산까지 거리가 대략 400㎞다. 2,000㎞면 갈색 산맥과 울펜부르크 영지 일대를 전부 커버하고도 남는다.

여러 가지 이야기를 나누고 나니 어느새 저녁이었다.

연구총책 빌헬름 하인쯔는 먼저 퇴근하겠다며 떠났고, 우리는 함께 저녁 식사를 하러 식당으로 향했다.

"당신에게 소개해 주고 싶은 사람이 있소."

누군지 대충 짐작된다.

"제 치료가 필요한 사람이겠죠?"

"맞소."

"병인가요?"

"의학적인 문제가 아니요. 23세밖에 안 된 건강한 여성이오."

"의학적인 문제가 아니면 제가 도움이 될까요?"

"목숨이 위태롭소. 지푸라기라도 잡는 심정으로 김현호 씨에게 도움을 요청하는 것이오."

"시험자군요."

차지혜가 지적했다.

오딘은 놀란 얼굴로 그녀를 보더니 고개를 끄덕였다.

"맞소."

차지혜는 내게 말했다.

"저주 계열의 문제일 겁니다."

"저주요?"

순간 나는 지난 시험에서 싸운 흑마법사 존 오멘토가 떠올랐다.

그 역시 어떤 저주로 생명의 나무를 병들게 했었다.

"그런 저주에 걸렸어도 시험의 문을 통과하면 완쾌되지 않나요?"

"몸은 완쾌되오."

하지만 저주는 사라지지 않는다?

"그런 일이 있을 수 있나요?"

나는 의아해졌다.

시험의 문을 통과해도 사라지지 않는 저주라니?

율법과 천사들이 만든 시험의 문이 치유할 수 없는 게 있을 수 있단 말인가?

"심인성 저주."

차지혜가 다시 말했다.

오딘은 감탄한 얼굴로 말했다.

"정말 잘 알고 있구려. 맞소, 심인성 저주요. 저주 자체는 사라졌어도, 그 저주가 남긴 정신적 고통이 계속 머릿속에 남아 있는 경우요."

"그럼 사실상 치료해야 하는 건 심리적인 문제지 저주가 아니라는 거죠?"

"그렇소."

"그건 차라리 정신과 의사의 도움을 구하는 게 좋지 않을까요?"

"시도를 안 해봤겠소?"

오딘의 반문에 나는 꿀 먹은 벙어리가 되었다.

당연히 시도해 봤겠지.

"저주가 주는 정신적 고통은 현실에서는 있을 수 없는 수준으로, 정신과 의학으로 감당할 수 있는 레벨이 아니오."

내내 말이 없던 닐슨도 입을 열었다.

"자살 시도만 세 번째라 24시간 감시하고 있지. 젊은 여자인데 안됐어."

정신적인 후유증 문제가 생명의 불꽃으로 치유될 수 있는지는 모르겠다.

하지만 일단은 시도해 봐야겠지.

1층의 식당에 이르렀을 때였다.

"내게 손대지 말란 말이야—! 죽여 버릴 거야!!"

아레나어로 고래고래 고함을 지르는 여성의 목소리.

밀랍인형처럼 새하얀 피부를 가진 백인 여성이었다. 긴 금발과 큰 눈, 오똑한 콧날을 가진 전형적인 미인이었다.

식당의 한 구석진 자리에 앉은 그녀를 시험단 소속의 직원들 몇몇이 둘러싸고 있는 형국.

그들은 히스테리를 부리는 그녀의 난동에 어찌할 바를 모르는 기색이었다.

"마리!"

오딘이 버럭 소리쳤다.

그러자 마리라 불린 금발 미녀는 오딘을 발견하고는 입을 꾹 다물었다.

"내가 얌전히 있으랬지!"

오딘이 다가가 호통치자 마리는 몹시도 불편해하는 얼굴로 고개를 돌리며 딴청을 부렸다.

그렇게 고래고래 난리를 피우더니 오딘 앞에서는 얌전해지는군.

새삼 노르딕 시험단에서 오딘의 위상이 어느 정도인지 알게 해주는 모습이었다.

"또 자해하거나 그러지는 않았겠지?"

오딘은 그녀의 손목을 붙잡아 확인해 보며 이리저리 살폈다.

마리는 오딘의 손을 신경질적으로 뿌리쳤다. 마치 아빠와 사춘기 딸 같다.

그런데 그녀의 눈빛이 나와 차지혜를 보고 날카롭게 변했다.

"또 누구야?"

"내가 말했던 사람들이다."

"필요 없다고 했잖아!"

"필요한지 없는지는 내가 판단한다."

그렇게 쏘아붙인 오딘은 나에게 말했다.

"이 여자는 마리 요한나로 올해 23세요. 자살로 죽었다가 시험자가 된 케이스인데, 본래 얌전했는데 저주 때문에 이렇게 신경질적으로 변했소."

마리 요한나는 자신에 대한 신상정보를 오딘이 줄줄이 읊자 불쾌한 표정이 되었다.

"저기, 안녕하세요?"

내가 인사를 건넸다.

마리는 휙 고개를 돌려 날 외면했다.

머쓱해진 나는 머리를 긁적였다.

"제가 도움이 될까요?"

"일단 시도라도 해주시구려. 사례는 하겠소."

"알겠습니다."

나는 생명의 불꽃을 하나 만들었다.

그러자 딴청을 부리던 마리의 눈길이 슬그머니 생명의 불꽃으로 향했다.

나는 불꽃을 그녀에게 내밀었다.

"드세요."

"그걸 먹으라고?"

마리의 눈살이 찌푸려졌다.

"맛있어요."

난 농담 삼아 말했다.

마리는 내가 내민 불꽃을 유심히 바라보며 고민에 잠겼다.

옆에서 오딘이 채근했다.

"어서 먹어."

마리는 새침한 표정을 짓더니 불꽃을 받아 들었다.

잠깐 망설이다가 이윽고 불꽃을 삼켰다.

스르륵.

불꽃이 그녀의 몸에 스며들었다.

그녀는 놀란 얼굴이 되었다.

잔뜩 신경질로 독이 올랐던 표정이 점차 편안하게 가라앉는다.

아무래도 생명력을 돋우니 기분도 나아진 거겠지 싶었다.

"맛있다고 했죠?"

내가 웃으면서 농담처럼 말했다.

그러자 마리 요한나는 나를 빤히 바라보았다. 그리고는,

'헉!'

심장을 꿰뚫는 듯한 아름다운 미소를 짓는 게 아닌가.

몹시도 밝은 미소를 지으며 마리는 손을 내밀었다.

"……?"

의아한 표정이 된 나를 마리는 빤히 바라본다.

마치 먹을 것 달라는 어린아이 같은 표정. 저건 설마…….

"더 달라는 것 같군."

오딘이 골치 아프다는 듯이 말했다.

"못 줄 건 없지만, 일단 효과가 있는지 확인하는 게 좋지 않을까요? 이거 비싼 거라고요."

고개 숙인 남자였던 미국의 어느 부자 양반은 이걸 먹으려고 천문학적인 돈을 썼다고.

마리는 정말 안 줄 거냐는 애처로운 얼굴로 바라본다.

'끄응!'

미인계에 또 당할까 보냐!

나는 슬그머니 고개를 돌렸다.

마리는 의기소침한 표정으로 내밀었던 손을 내렸다. 그리고는 고개를 푹 숙였다.

"일단 식사를 하면서 천천히 이야기를 해봅시다."

우리는 자리에 앉았다.

오딘과 닐슨은 마리 옆에 앉았고, 나는 차지혜와 나란히 자리했다.

그런데 마리는 나를 다시 빤히 보더니 옆에 앉은 차지혜와 날 번갈아보았다.

쌍꺼풀이 예쁜 푸른 눈이 흔들린다.

뭔가 머릿속에서 복잡한 생각이 일어난 모양이었다.

모종의 결심을 한 마리는 벌떡 일어나 쪼르르 건너편인 내 옆자리로 옮겼다.

슥슥 의자를 당겨 내 옆에 바짝 붙어 앉았다.

'뭐, 뭐야 이건?'

내가 이상한 눈길로 보자 그녀는 또다시 배시시 웃어 보이는 게 아닌가.

이렇게 노골적인 미인계는 처음 받아보는 터라 나는 당황과 황당함을 동시에 느꼈다.

오딘이 한숨을 쉬었다.

"원채 정신건강이 좋은 편은 아니었소만, 저주를 계기로 더욱 상태가 나빠졌소."

'요약해서 살짝 맛이 갔다는 뜻이군.'

척 보기에도 그래 보인다.

그런데 오딘의 말에 마리는 다시 신경질적인 얼굴이 되었다.

그녀는 식탁에 놓인 포크를 집어 던졌다.

쉬익!

나는 화들짝 놀랐다.

포크가 거의 쏜살처럼 날아들었기 때문. 물론 오딘은 날렵하게 왼손으로 낚아채 버렸다.

"이 짓 하지 말랬지!"

"흥!"

마리는 나와 팔짱을 끼며 콧방귀를 뀌었다. 마치 나를 보호자쯤으로 여기는 태도였다.

만난 지 5분 만에 그녀는 나를 오랫동안 알고 지냈던 사이처럼 친근하게 대했다.

"정신 퇴행입니까."

차지혜가 그런 우리를 보며 가볍게 한마디 했다.

뭐라고 부르든 간에 이 여자는 확실하게 미친 것 같다.

식당의 직원들이 스테이크와 샐러드, 수프를 가져다주었다.

내가 스테이크를 썰기 위해 나이프와 포크를 집어 들 때였다.

먼저 나이프를 집어 든 마리가 잽싸게 내 접시의 스테이크를 썰기 시작했다.

쉬쉬쉬쉬익―

1초?

순식간이었다. 스테이크는 균일한 조각으로 썰려 버렸다.

그 번개 같은 스피드에 나는 어안이 벙벙해졌다.

닐슨이 피식 웃으며 말한다.

"보기엔 맛이 간 계집이어도 24회차 베테랑이야. 내가 알기로는 오러 컨트롤은 중급 10레벨, 보조스킬로는 무슨 암살 스킬을 마스터했다고 들었지."

마리는 나를 보며 순진한 얼굴로 해맑게 웃었다. 한 손엔 나이프를 든 채.

나는 오싹한 기분을 느꼈다.

갑자기 그녀와 가까이 앉는 게 무서워졌다.

# 6장

7회차 돌입

결국 1억 프랑을 받고 그녀를 14일간 치료해 주기로 했다.

생명의 불꽃이 그녀의 정신을 치료해 줄 수 있을지는 미지수였지만 오딘은 흔쾌히 그 금액을 지불하겠다고 해왔다.

사실 나로서도 노르딕 시험단과의 관계를 생각해서 파격 할인을 해준 것이다.

가격은 맥런 회장에게 받은 대가의 거의 반값.

게다가 치료 기간이 고작 14일이지만, 하루에 불꽃을 두 개씩 주기로 한 것이다.

불꽃을 먹은 이후로 마리가 발작하는 빈도가 상당히 줄어들었다.

생명력을 돋우자 정신적으로도 안정을 찾은 듯했다.

다만 부작용이 하나 있었는데,

"헤헤."

내 옆에 찰싹 붙은 마리.

하얀 얼굴과 금발을 아무렇게나 늘어뜨린 그녀는 실실 웃으며 내 곁에서 떨어질 줄을 몰랐다.

'보기에는 이래도 23회차의 베테랑이라 이거지?'

스테이크를 순식간에 조각내 버린 나이프 솜씨를 잊을 수가 없었다.

그러고 보니 신경질 난다고 오딘에게 포크를 던지기도 했지. 일반인이었으면 그대로 즉사였다.

나는 노르딕 시험단 본부에 머물면서 인공근육슈트를 입고 수련을 했다.

인공근육의 파워에 익숙해지기 위해서였는데, 가장 좋은 수련은 대련이었다.

오딘에게 대련을 부탁했더니, 그는 내 옆에 찰싹 붙어 있는 마리를 가리켰다.

"무기를 들지 않고 맨손으로 대련을 한다면 나보다 마리가 더 좋은 상대가 될 거요."

그제야 나는 바보처럼 웃고 있는 이 미친 여자를 바라보았다.

내 시선을 받고 푸른 눈동자를 동그랗게 뜨는 마리.

내가 물었다.

"저랑 대련을 해볼래요?"

"응."

마리는 고개를 끄덕였다.

"그럼 마리도 같은 슈트를 입으세요."

나는 가공간에 넣어둔 11벌의 인공근육슈트 중 한 벌을 그녀에게 건네주었다. 그런데…….

"으악! 뭐 하세요!"

그녀는 그 자리에서 티셔츠와 바지를 훌렁훌렁 벗어 던지는 게 아닌가!

내가 뭐라고 하자 마리는 속옷차림이 된 채로 고개를 갸웃거렸다.

그녀는 인공근육슈트를 입었다. 입는 도중에 불편했는지 브래지어까지 벗어던지는 만행을 저질렀다.

나는 민망해서 오딘을 쳐다보았다.

오딘은 한숨을 쉬며 고개를 절레절레 내저었다.

"싸우자."

슈트를 다 입은 마리가 폴짝폴짝 뛰며 손짓했다. 인공근육으로 증폭된 파워에 곧장 적응한 눈치였다.

그녀와 마주한 상태에서 나는 망설였다.

아무래도 상대가 가녀린 여자다 보니 주먹을 뻗기가 힘들었다.

그런데,

파앗!

마리가 선뜻 덤벼들었다.

훌쩍 날아와 발차기를 하자 나는 급히 왼쪽으로 피했다.

그랬더니 그녀는 반대 발로 날렵하게 내 가슴팍을 걷어찼다.

퍼억!

양팔로 가드해서 막았지만 뒤로 몇 걸음 밀려났다.

그런데 그녀가 보이지 않았다.

뒤늦게야 그녀가 바닥에 납작 엎드린 채 내 발밑까지 접근했다는 것을 깨달았다.

결과적으로 나는 대련하는 내내 막거나 피하기에 바빴다.

그녀는 전후좌우뿐만 아니라 위아래로 능수능란하게 움직이며 나를 공격했다.

그래도 엘프들과 술래잡기하던 게 있어서 곧잘 피했다.

그러다 보니 정말로 대련 자체가 술래잡기처럼 되었다.

"재밌어."

마리는 몹시 즐거운 얼굴이었다. 요리조리 잘 피하는 나에게 제대로 한 방 먹이려고 열심히 뛰어다닌 것이다.

체력보정 중급 5레벨임에도 지쳐서 기진맥진한 나는 멀쩡해 보이는 그녀에게 물었다.

"혹시 체력보정이 몇이세요?"

"상급 2레벨."

"역시……."

맛이 간 듯 보여도 나보다 4배쯤 더 시험을 치른 베테랑다웠다.

　　　　＊　　　　＊　　　　＊

　나와 차지혜는 남은 휴식 시간을 쭉 덴마크에서 보냈다.

　노르딕 시험단은 안전한 장소였고, 훌륭한 훈련 시설도 있어서 다음 시험을 준비하기에 좋았다.

　노르딕 시험단의 연구진은 그사이에 통신기기를 완성했다.

　연구총책 빌헬름은 오딘과 함께 통신기기를 들고 나타났다.

　"이것이 전파송수신기요."

　"이게요?"

　가로 20㎝, 세로 14㎝, 높이 7㎝의 작은 상자가 3개 보였다.

　"이 붉은색 스위치를 누르면 고출력의 전파를 송출하는데, 전파가 닿는 범위는 대략 1,850㎞요."

　오딘이 설명했다.

　"이것을 갈색산맥의 느티나무 마을과 울펜부르크 영지에 설치하는 거요. 그리고 나머지 하나는 당신이 가야 하는 방면에 설치하시오."

　"음성통화가 되는 건가요?"

　"음성통화도, 문자메시지도 가능하오. 이걸로 교신을 하면 되오."

　이번에는 구형 폴더폰처럼 생긴 교신기를 주었다. 교신기는 총 15개였다.

　"어떻소? 가공간에 전부 수납할 수 있겠소?"

"한번 넣어볼게요."

나는 전파송수신기와 교신기를 전부 가공간에 넣어 보았다. 다행히 모두 들어갔다.

"전부 넣긴 했는데 식량을 따로 챙겨 가지는 못할 것 같네요."

"그건 염려 마시오. 내 영지에 방문하면 건량을 넉넉하게 챙겨주겠소."

"네, 그렇게 해주세요."

그렇게 모든 준비가 끝나고서 7회차 시험이 다가왔다.

그사이에 많은 일이 있었다.

14일의 치료가 끝난 뒤에 마리는 정서적으로 안정을 찾았다.

마리 요한나는 본래 실연의 상처로 자살을 택했던 여자로, 본래부터 정신적으로 취약했다고 한다.

그런 그녀가 심인성 저주에 걸렸으니 남들보다 후유증이 심할 수밖에 없었다.

치료가 끝나고 심신이 안정된 후에도 퇴행된 정신연령은 돌아올 줄을 몰랐지만, 차차 나아질 거라고 한다.

하지만 내가 그녀에게 궁금한 것은 그런 것들이 아니었다.

"그 저주를 누구에게 받으셨죠?"

내 물음에 마리는 화난 얼굴로 말했다.

"허여멀건 한 놈이 그랬어. 대신 그놈은 내가 죽였어."

"흑마법사였나요?"

"응."

"그 흑마법사를 죽이는 게 시험이었고요?"

"응응."

마리는 고개를 마구 끄덕였다.

'역시 그 흑마법사 집단이야.'

23회차의 베테랑인 그녀라면 시험의 최종 목적에 어느 정도 근접했다고 생각된다.

23회차 시험이 흑마법사를 암살하는 거였다면, 시험의 궁극적인 목적은 그 흑마법사 집단과 깊은 연관이 있다는 뜻이었다.

아무튼 일단은 7회차 시험을 한번 겪어봐야 알 일이었다.

*          *          *

"그럼 건투를 빌겠소."

"예, 아레나에서 봐요. 차지혜 씨도 힘내시고요."

"네."

우리는 시험에 임하는 시험자들을 위해 마련된 방으로 들어갔다.

나를 따라 들어오려는 마리를 쫓아낸 뒤에 방문을 잠갔다.

방은 일반 원룸처럼 잘 꾸며져 있었다.

고시원 같았던 한국아레나연구소보다 훨씬 잘되어 있었다.

'정말 오랜만이군.'

100일이나 쉬었더니 시험이 정말 오랜만으로 느껴졌다.

하지만 긴장감은 별로 느껴지지 않았다.

오히려 기대된다.

'정말 많은 준비를 했으니까.'

미친 파괴력을 자랑하는 대물 저격소총 AW50F.

20배의 근력을 내는 인공근육슈트.

전파송수신기와 교신기.

게다가 스마트폰과 터치펜, 태양열 충전기도 챙겼다.

실프를 정찰 보낼 때, 스마트폰으로 사진을 찍게 할 생각이었다.

터치인식이 불가능한 실프를 위해 터치펜을 따로 챙긴 것이다.

스마트폰 다루는 법을 가르쳐 주니 실프는 곧잘 사용해 냈다.

사진도 잘 찍어오고, 스케치어플을 실행시켜 터치펜으로 그림까지 그렸다. 그림 실력이 굉장해서 깜짝 놀랄 정도였다.

'실프에게 정찰 다닐 때마다 지도를 그리게 해야겠어.'

가공간이 중급 1레벨이 되어서 전자기기의 수납이 가능해지니 이렇게 편해진다.

나는 기대 어린 심정으로 7회차 시험을 기다렸다.

휴식 시간이 끝나자 스르륵 눈이 감겼다.

다시 눈을 떴을 때, 보이는 것은 지겹도록 새하얀 세계.

"기다리셨던 시험 시간이에요!"

참새처럼 퍼덕퍼덕 날아다니며 아기 천사가 나를 반겼다.

"어이."

"왜요?"

"너도 자꾸 보다 보니 정든다."

아기 천사는 활짝 웃었다.

"웬일로 그런 개소리를 다 하세요?"

"그러게. 내 입에서 그런 개소리가 나온 걸 보니 컨디션이 아주 좋은가 봐."

"이야, 의욕 만만하시네요."

"그런데 뭐 하나 묻자."

"싫어요."

"……."

아, 열 받아.

혈압 올라서 이마에 혈관이 꿈틀거릴 것 같다.

"마리 요한나 알지?"

"알죠. 제 담당은 아니지만요."

"그 여자가 23회차에서 흑마법사와 싸웠더라고."

"그런데요?"

"누구는 23회차나 되어서야 맞닥뜨린 그 흑마법사 집단을 왜 난 6회차에서 싸운 거야?"

"글쎄요."

"내가 빠르게 성장할 것이라는 걸 전부 고려한 것이라면, 너희는 나한테 뭔가 바라는 게 있는 거지?"

"시험을 클리어하길 바라죠. 당연한 걸 물으세요?"

"아니, 생명의 불꽃이나 가공간도 그렇고, 내게 주어진 조건이 너무 좋아서."

내가 이어 말했다.

"만약에 그 모든 것이 율법의 안배라면, 너희는 나에게 무언가를 더 바라는 게 아닐까 싶은데."

아기 천사는 씨익 웃었다.

"모든 답은 길의 끝에 있죠. 그 길을 걸어가면 곧 알게 될 일을 벌써부터 궁금해할 필요는 없죠?"

"그도 그렇군."

따악.

아기 천사가 손가락을 튕겼다.

시험의 문이 나타났다.

"가서 확인해 보세요. 걷다 보면 답이 나오겠죠."

"오냐."

나는 시험의 문을 열고 들어섰다. 환한 빛이 시야를 온통 하얗게 물들였다.

*    *    *

갈색산맥.

느티나무 마을의 거대한 생명의 나무 위에서 나는 눈을 떴다.

술래잡기를 하며 시끌벅적하게 놀고 있는 어린 엘프들이 보였다.

그 위쪽에는 성인 남성 엘프들이 전투적으로 술래잡기를 한다.

지난번 언데드 무리와의 전쟁으로 술래잡기 훈련의 효과를 확인한 엘프들은 그때보다 더 열심이었다.

'일단 슈트부터 입자.'

나는 으슥한 곳으로 가서 인공근육슈트를 입었다.

손가락 발가락까지 전부 감싸인 안정적인 착용감. 벌써부터 힘이 솟는 기분이었다.

"석판 소환."

석판이 나타났다.

—성명(Name): 김현호

—클래스(Class): 러

—카르마(Karma): ㅁ

—시험(Mission): 타락한 시험자를 1명 이상 사살하라.

—제한 시간(Time limit): 무제한

뒤통수를 얻어맞은 기분이었다.

'당연히 흑마법사 집단을 추적하는 시험이 나올 줄 알았는데!'

타락한 시험자라니!

중국 시험자들처럼 시험 클리어를 포기하고 돈벌이에 치중하는 시험자들과 싸우라는 뜻이었다.

'왜 이런 시험이…….'

순간 나는 이 시험의 의도를 깨달았다.

이건 단순히 본래 의무를 저버린 시험자들을 응징하는 게 아니었다.

돈벌이에 미친 타락한 시험자들은 마정의 지속적인 확보를 위하여 의도적으로 다른 시험자의 시험 클리어까지 방해한다고 들었다.

결국 시험의 최종 목적 달성을 방해하는 그들을 처치하라는 것이다.

'어차피 언젠가는 부딪쳐야 했지만, 그래도 너무하잖아?'

이제 7회차인 나더러 대부분이 베테랑들인 타락한 시험자 무리와 싸움을 붙이다니.

대체 타락한 시험자들은 어디서 찾아야 하는지 막막했다.

'오딘에게 물어봐야지. 뭔가를 알지도 모르니까.'

아마도 타락한 시험자들은 마정을 안정적으로 확보할 수 있는 '작업장'을 구축하고 있을 터였다.

라이칸스로프들이 '인간 목장'을 만들었듯이 말이다.

'우선은 전파송수신기부터 설치하자.'

가장 높은 곳에 설치하는 게 좋겠지.

나는 생명의 나무 위에 하나를 설치하기로 했다.

힘껏 점프를 했다.

인공근육의 위력으로 내 몸이 하늘로 솟구쳐 올랐다.

나는 거의 한 시간 동안 열심히 생명의 나무를 올랐다.

그럼에도 꼭대기가 안 보일 정도로 생명의 나무는 컸다.

'정말 이렇게 자라다가 대기권 뚫고 우주까지 자라는 거 아냐?'

그런 엉뚱한 상상을 하면서 나는 전파송수신기를 설치했다.

붉은 스위치를 누르자 LED램프에 불이 들어왔다.

'2년간 구동된다고 했던가?'

전파송수신기의 동력원은 마정이었다.

다량의 마나가 함유된 마정을 쓴 덕에 2년은 너끈히 버틴다고 했다.

2년 뒤에는 새로운 마정으로 갈아 넣지 않으면 안 되지만.

가공간에서 교신기 두 개를 꺼냈다. 전원 버튼을 누르고 말을 해보았다.

"아아."

―아아.

내 목소리가 다른 교신기에서 들렸다. 가까워서 그런지 음질이 상당히 깔끔했다.

'일단 교신기 하나는 엘프들에게 줘야겠지.'

갈색산맥 세 마을의 최고 어른인 연장자 어머니에게 주면 되겠지 싶었다.

생명의 나무에서 내려와 곧장 연장자 어머니를 찾아갔다.

어머니들은 늘 그렇듯 생명의 나무 아래에 모여서 수다를 떨고 있었다.

"어머, 킴. 무슨 일이니?"

나이답지 않게 고운 외모를 가진 연장자 어머니가 물었다.

"일단 이걸 받으세요."

나는 교신기 하나를 연장자 어머니에게 건네주었다.

"어?"

"저게 뭐지?"

"신기하게 생겼네."

호기심이 가득해진 어머니들이 벌 떼처럼 모여들었다.

내가 설명해 주었다.

"붉은 스위치를 누르면 켜집니다. 그리고 밑에 숫자키패드가 있는데……"

나는 교신기의 사용법을 열심히 설명해 주었다.

연장자 어머니는 내 설명을 들으며 교신기를 사용해 보았다.

윙, 윙, 윙.

내가 가진 교신기가 진동했다. 정말 진동까지 폴더폰과 똑같군.

폴더를 열고 받았다.

"들리시죠?"

"어머나!"

교신기를 통해 내 목소리를 들은 연장자 어머니는 탄성을 터뜨렸다.

한동안 교신기 때문에 난리가 났다. 어머니들이 너도나도 교신기를 써보고 싶어 안달이었다.

모든 어머니들과 교신기로 통화를 해본 뒤에야 나는 본론을 꺼낼 수 있었다.

"이게 있으면 제가 멀리 떨어져 있어도 대화를 할 수 있습니다."

"떠날 생각이니?"

"예."

"안 돼!"

"우리랑 같이 살아야지 어딜 간다는 거야?"

"맞아, 맞아."

"반려를 찾으러 가는 게 아닐까?"

"그런가? 하긴, 킴도 인간의 나이로 치면 결혼 적령기가 지났으니까."

어머니들이 왁자지껄 떠들었다.

결국 나는 혼인할 여자를 찾아 떠나는 것으로 결론이 내려졌다. 좀 억울했지만 어쩔 수 없었다.

연장자 어머니가 말했다.

"그래, 떠나야 한다니 붙잡을 수가 없구나. 하지만 짝을 찾으면 반드시 돌아오렴."

"예, 무슨 일이 생기시거든 언제든 연락하십시오."

좋아. 이걸로 유사시에 엘프들의 도움을 받을 수 있게 되었다.

내가 떠난다는 소식이 퍼지자 소나무 마을과 측백나무 마을에서도 엘프들이 찾아왔다.

"킴, 당신 덕에 우리가 보금자리를 얻었습니다."

"정말 고마웠어요."

"이 은혜 잊지 않겠습니다."

"꼭 돌아오세요."

내게 고맙다고 연거푸 인사하면서 그들은 말린 과일을 한가득 싸주었다.

나는 가벼운 발걸음으로 갈색산맥을 떠났다.

길은 모르지만 길잡이 스킬로 오딘이 있는 방향을 알 수 있었다. 그가 있는 곳이 울펜부르크 백작가일 터였다.

갈색산맥에서 완전히 벗어났을 즈음이었다.

윙, 윙, 윙.

진동이 울리는 교신기.

'응?'

나는 교신기를 받아보았다.

─킴이냐.

중후한 목소리.

바로 연장자 어머니의 남편이자 엘프 최강의 전사인 데릭이었다.

"데릭!"

─먼 곳에 나가 있느라 널 배웅하지 못했군.

"그러게요. 이렇게라도 인사할 수 있어서 다행이에요."

—그래, 이건 참 신기한 물건이군.

"울펜부르크 백작가에도 교신기를 하나 둘 생각이에요. 위험한 일이 발생하면 그들에게 도움을 요청하세요."

—그래, 이런 귀한 보물을 선물해 줘서 고맙다.

"별말씀을요."

—네가 우리에게 준 은혜는 내 남은 평생을 다 바쳐도 갚지 못할 정도다. 그래서 약소하나마 한 가지 약속을 하마.

"……?"

—도움이 필요하거든 이걸로 내게 연락해라. 아무리 힘들고 위험한 일이라도 기필코 들어주겠다.

데릭의 약속에 나는 감동을 느꼈다.

"감사합니다."

—그럼 다시 보자. 여보, 이건 어떻게 끄는 거지?

—이리 줘 봐요.

연장자 어머니의 목소리도 들리더니 이윽고 교신이 끊겼다.

나는 피식 웃고는 다시 걸음을 옮겼다.

'슬슬 속력을 내볼까?'

바람의 가호를 사용하여서 빠르게 이동하기 시작했다.

바람의 가호와 인공근육슈트의 근력 증폭까지 합쳐지자 한 번 뛸 때마다 무려 20m가량을 껑충껑충 날았다.

바람의 가호가 적용되는 50분간 미친 듯이 달렸다.

바람의 가호가 끝나면 쿨타임 25분간 쉬었다가 다시 달렸다.

그렇게 무서운 속도로 오딘을 향해 질주했다.

간혹 사람들이 사는 마을이 보였지만 귀찮아서 그냥 지나쳐 버렸다.

쓸데없이 사람과 엮이기 싫었다. 라이칸스로프 때 은둔마을에서 겪은 일이 트라우마가 된 탓인지도 몰랐다.

일주일째에 접어든 날 밤, 나는 울펜부르크 백작가에 도착했다.

사방이 탁 트인 들판.

흐르는 강물을 등진 커다란 성채. 성벽으로 둘러싸인, 정말로 중세 서양의 영주가 기거할 법한 저택이었다.

"정지!"

철갑옷으로 무장한 병사들이 성문을 지키고 있었다.

내가 말했다.

"오딘 님, 아니, 울펜부르크 백작님을 만나러 왔습니다."

"영주님을?"

병사들은 몹시 수상하다는 표정으로 날 노려본다.

"갈색산맥에서 왔다고 하면 아실 겁니다."

"일단 말은 전하겠소."

한 병사가 소식을 전하러 들어갔다. 다른 병사들은 계속 의심 어린 눈초리로 나를 훑었다.

기다림은 그리 오래 걸리지 않았다.

"김현호 씨!"

오딘이 뛰어나온 것이다.

날 반갑게 맞이하는 오딘의 태도에 병사들은 놀란 표정이
되었다. 이 일대를 통치하는 군주가 직접 뛰어나와 반기니 놀
랄 수밖에 없으리라.

"시험은 어떠세요?"

"골치 아픈 시험을 받았소. 일단 들어가서 이야기합시다."

"그러죠."

오딘은 직접 내가 머무를 숙소로 안내해 주었다.

고풍스러운 가구들과 실크 커튼 등으로 장식된 호화로운 방
이었다.

"귀빈을 모시는 방이오. 이곳에서 머무르시오."

"감사합니다."

"옷도 필요하시겠군. 이곳에서는 그런 옷을 입고 다니면 눈
에 띄오."

"아무래도 그렇겠죠?"

"옷도 마련해 주겠소."

오딘은 손가락을 딱 튕겼다. 복도에서 대기하고 있던 시녀
가 들어왔다.

"재단사를 부르고 간단한 식사거리를 가져와라."

"예, 영주님."

시녀는 공손히 인사한 뒤에 물러났다.

우리는 테이블에 앉아 이야기를 나눴다.

"내 시험은 갈색산맥의 엘프들을 공격한 흑마법사들에 대
해 조사하는 것이오."

"그 흑마법사 조직 말인가요?"

"그렇소. 이리저리 사람을 풀어 조사를 시키긴 했는데 아무래도 시일이 걸릴 것 같소."

"갈색산맥을 습격한 흑마법사의 이름은 존 오멘토였습니다."

"존 오멘토?"

"예, 하지만 그 이름 가지고는 뭔가를 알아내기 힘들겠죠."

"쯧, 그럴 테지."

그런데 나는 문득 좋은 생각이 떠올랐다.

"종이와 펜을 가져다주시겠어요?"

"여기 있소."

오딘은 아이템 백팩을 소환해 노트와 연필을 꺼내 주었다.

"실프."

―냐앙.

허공중에 나타난 실프가 내 어깨 위에 올라와 뺨을 비벼댔다.

나는 애교를 부리는 실프를 슥슥 쓰다듬어주며 말했다.

"존 오멘토 기억하니? 날 공격했던 흑마법사 말이야."

―냥.

실프는 고개를 끄덕였다.

나는 실프에게 연필을 내밀었다.

"이 노트에다 그놈 얼굴을 그려볼래?"

실프는 꼬리로 연필을 스르륵 휘감았다. 그리고는 테이블에

홀쩍 뛰어내려와 노트에 그림을 그리기 시작했다.

슥슥슥. 슥슥.

사각거리는 소리가 마구 울려 퍼졌다. 실프는 놀라울 정도로 빠르게 스케치를 했다.

"허!"

오딘은 놀라움을 금치 못했다.

나도 놀랍다. 언제 봐도 대단한 솜씨였다.

순식간에 깡마른 중년 흑마법사 존 오멘토의 얼굴이 그려졌다.

나는 완성된 그림을 오딘에게 줬다.

"이름은 의미가 없어도 생김새를 알면 도움이 되겠죠?"

"이 그림을 복사해서 널리 유포해야겠소."

"복사가 되나요?"

"마법이 있잖소. 비슷해 보여도 지구의 중세시대와는 다르오."

"아."

하인들이 간단한 식사거리를 가져왔다. 부드러운 하얀 빵과 김이 모락모락 나는 따스한 스프, 그리고 포도주였다.

오딘은 그림을 하인에게 주며 마법사에게 100장 복사를 의뢰하라고 시켰다. 하인은 그림을 공손히 받아 들고 나갔다.

"귀족이라 편하시겠어요."

그 모습을 빤히 보던 내가 말했다.

오딘은 껄껄 웃었다.

"편하지. 자잘한 일은 아랫사람을 시키면 되니까. 아, 말이 나온 김에 김현호 씨도 귀족이 되시겠소?"

"그럴 수 있나요?"

오딘은 자신의 가슴을 탕탕 쳤다.

"이래 봬도 이 나라에서는 명성을 떨치는 무인이자 대영주요. 준남작 정도의 작위는 수여할 수 있소."

"준남작?"

오딘의 설명에 의하면, 준남작은 상급 귀족인 오등작의 반열에는 들지 못하는 작위였다.

휘하에 소영주들을 거느릴 만큼 강력한 영주가 주요 가신에게 칭호인데, 지위는 높지 않아도 세습이 가능한 작위였다.

같은 준남작이라도 누가 수여했느냐에 따라 대우가 달라진다.

오딘은 아레나에서 엄청난 명성을 떨치는 터라 그가 수여한 준남작 작위는 상당한 지위라고 한다.

"당신이라면 어느 나라에서나 왕의 눈에 들어 작위를 얻을 수 있을 테지만, 그건 번거롭잖소."

"그렇죠. 작위를 주신다면 감사히 받겠습니다."

"그럼 마법사에게 신분증도 하나 만들어 달라고 의뢰해야겠군."

귀족 계층 이상은 신분 위조를 막기 위해 마법사가 특수 제작한 신분증이 필수라고 한다.

오딘은 다시 하인을 시켜서 신분증을 만들어오라고 지시

했다.

저렇게 남에게 이것저것 시키니까 참 편해 보인다.

"그런데 교신기는 가져오셨소?"

"예, 전파송수신기를 느티나무 마을의 생명의 나무 위에 설치했죠. 지금 당장에라도 연장자 어머니와 연락이 가능한데, 하시겠어요?"

"좋소."

나는 교신기 하나를 오딘에게 건네주었다.

"번호는?"

"저는 1번, 엘프들은 2번이요."

"난 3번이군. 알겠소."

오딘은 키패드에서 숫자 2를 누르고 통화를 시도했다.

—킴이니?

연장자 어머니의 목소리.

오딘이 말했다.

"아닙니다. 저는 울펜부르크 백작 오딘입니다. 킴은 1번이지요."

—아, 그런 식으로 구분하는군요.

설명을 충분히 해줬는데 헷갈렸던 모양이군.

—아무튼 반가워요. 이렇게 연락할 수 있어서 좋군요.

"마찬가지입니다. 앞으로도 잘 부탁드립니다."

—저희도요. 그런데 킴도 거기에 있나요?

"예, 옆에 함께 있습니다."

오딘이 교신기를 바꿔주었다. 나는 연장자 어머니와 몇 마디 대화를 나누고서 통화를 끊었다.

오딘은 교신기를 보며 웃었다.

"이곳에서 전화를 쓸 수 있다니 정말 편하구려."

"그러게요."

나도 따라 웃었다.

차지혜가 이곳 울펜부르크 백작가를 찾아온다면 그녀와도 아레나에서 통화를 할 수 있을 터였다.

물론 전파가 닿는 범위 내에서지만 송수신기 하나가 무려 반경 1,850㎞를 커버하니 문제없었다.

"그런데 김현호 씨는 어떤 시험을 받았소?"

"저도 좀 골치 아픈 시험을 받았죠."

# 7장

추격

"타락한 시험자를?"

오딘은 깜짝 놀랐다.

"7회차치고는 난이도가 높은 거 아닌가요?"

내 물음에 오딘은 당연하다는 듯이 맞장구쳤다.

"당연하오! 7회차 시험자에게 적어도 15회차 이상을 겪었을 시험자들을 처치하라니? 정말 비상식적이군."

"우리의 상식으로 가늠할 수 있는 게 아니겠죠. 시험은."

"그건 그렇소만, 쯧. 하여간 위험한 시험을 치르게 되셨군."

"혹시 중국 시험자 같은 타락한 시험자들이 어디에 있는지 아시나요?"

"알 수 없소. 타락한 시험자들은 절대로 '광산' 의 위치를 노출하지 않소."

"광산이라뇨?"

"은어요. 마정을 채집하는 장소를 그렇게 부르오."

"마정을 가진 괴물이 많이 서식하는 장소를 찾아야겠죠?"

내 물음에 오딘이 말했다.

"그도 그렇지만 중국 시험단 같은 쓰레기들은 다른 방법으로 마정을 대량 획득하기도 하오."

"아레나 사람을 죽여서 얻는 방법이죠?"

"그렇소. 아레나인은 크든 작든 체내에 마정이 있소. 인간 또한 다량의 마나를 품은 생명체니까."

"그럼 대량학살이 벌어진 지역을 찾으면 되지 않을까요?"

"무리요."

오딘은 고개를 저었다.

"인권이라는 개념이 없고 치안도 불안정한 세계요. 대량학살 따윈 어디서나 벌어지고 있소."

"……."

"이곳에서는 시체를 화장하는 전통이 있소. 왜인지는 짐작하시겠지?"

"마정이군요."

"그렇소. 시신은 화장하고 나온 마정은 팔거나 사용하지. 이번 전쟁에서도 마찬가지였소. 전사자를 모두 화장하고 획득한 마정만으로도 전쟁에 든 자금 지출을 만회했소."

오딘의 설명에 의하면 마정을 얻으려고 전쟁을 일으키거나,

일부러 포로를 죽이는 영주들도 흔히 찾아볼 수 있다고 했다.

'정말 미친 세상이다.'

다른 세상이니 지구인의 관점으로 바라볼 수만은 없지만, 아무튼 나로서는 굉장히 비인간적으로 느껴졌다.

"이런 세상이니 어디서 마을 하나가 학살당했다 해도 이상할 것이 없소. 세금을 못 내면 목숨을 대신 거두는 영주들도 있는 세상이오."

"끄응. 역시 찾기 힘드네요."

"타락한 시험자들은 자신들이 같은 시험자들의 좋은 먹잇감이라는 사실을 알고 있소. 그래서 아레나에서는 더욱 조심스럽게 움직이지."

'뜬금없이 이런 시험이 내려지다니, 정말 곤란하게 됐어.'

6회차까지의 지난 시험은 모두 연관성이 있었다.

1회차는 레드 에이프.

2회차는 분노한 레드 에이프 무리의 보복.

3회차는 숲을 탈출하면서 맞닥뜨리게 된 라이칸스로프 실버 씨족.

4, 5회차는 실버 씨족이 노리던 엘프들.

6회차는 엘프들을 습격한 언데드 군단과의 사투.

모두 이어지는 연결 고리가 있었다.

'가만, 갑자기 아무 맥락 없는 시험이 내려졌을 리는 없어.'

모든 것은 힌트가 된다!

뜬금없는 것 같아도 분명 지난 6회차 시험과 연관성이 있을 것이다.

그 연결 고리를 따라 7회차 시험을 수행하도록 안배되어 있을 터였다.

'뭘까? 그 연결 고리를 찾아야 해.'

그렇게 생각에 잠겨 있을 때, 문득 오딘이 말했다.

"고민이 많이 되나 본데, 기분 전환도 할 겸 저택을 둘러보겠소?"

"아, 그러죠. 전파송수신기를 설치할 장소도 찾아야 하니까요."

"봐둔 장소가 있소. 따라오시오."

우리는 저택 꼭대기의 첨탑에 올라가 전파송수신기를 설치했다.

이제 울펜부르크 백작가를 중심으로 반경 1,850㎞ 이내에서는 통신이 가능해졌다.

또한 오딘의 집무실도 구경할 수 있었다.

드넓은 집무실에는 오딘의 개인 금고도 있었다.

"열려라."

오딘의 말에 드르륵 하고 한쪽 벽이 열렸다. 고시원 방 정도의 작은 공간이 나타났다.

"와아."

"마법도 과학만큼이나 편리하지."

오딘의 개인 금고에는 금괴와 무기 등이 있었다.

나는 가공간에 보관하고 있던 교신기들과 인공근육슈트들

을 전부 꺼냈다.

오딘은 그것을 전부 금고에 넣고, 인공근육슈트 한 벌은 자신이 입었다.

"이제 리창위와 붙어도 해볼 만하게 됐소."

인공근육슈트로 빈틈없이 감싸인 몸을 움직여 보며 오딘이 말했다.

안 그래도 강한 오딘이 20배 증폭된 근력까지 손에 넣었으니 확실히 자신할 만했다.

잠시 후, 오딘의 부름을 받은 재단사가 도착했다.

나이 든 재단사는 내 몸의 치수를 이리저리 재더니 말했다.

"딱 맞으실 듯한 옷이 있는데 가져다드릴까요? 아니면 새로 지어드릴까요?"

"그걸로 주세요."

"알겠습니다."

재단사는 내게 공손히 인사하고는 떠났다.

오딘이 말했다.

"곧 귀족이 될 테니 사람을 하대하는 데 익숙해지셔야 할 거요."

"하하, 네."

"그럼 먼 길 오느라 피곤하실 텐데 씻고 쉬시오. 목욕을 준비시키겠소."

"예, 감사합니다."

나는 내 숙소로 돌아와 침대에 걸터앉았다.

잠시 후, 하인 둘과 시녀 둘이 줄줄이 내 방에 들어왔다.

하인 둘은 물이 담긴 커다란 나무 욕조를 끙끙대며 들고 왔다.

예쁘장하게 생긴 시녀 둘이 내게 공손히 인사하며 말했다.

"목욕 시중을 들어드리라는 주인님의 지시를 받고 왔습니다."

"……예?"

"옷을 벗고 욕조로 들어와 주십시오."

옷을 벗으라니 나는 순간적으로 당황했다.

곧 싱글거리며 짓궂게 웃고 있을 오딘이 떠오른다.

시녀 둘은 공손히 고개를 숙이고 있었다. 그녀들은 저마다 목욕용품이 든 바구니를 들고 있다.

'뭐, 상관없나.'

곧 귀족이 되니 이런 일에도 익숙해져야 할 것이다.

"알겠다."

그리 말하며 나는 옷을 벗었다. 인공근육슈트까지 벗어버리고 따뜻한 물이 담긴 나무 욕조에 들어갔다.

그제야 고개를 든 시녀들이 나에게 다가와 시중을 들어주었다.

기분 탓일까.

내 몸을 보고 시녀들의 눈빛이 반짝거리는 것 같다.

'차, 착각일 거야.'

그래.

내 착각일 거다.

씻겨주는 그녀들의 손길이 점점 은밀한 곳으로 향하는 것도 내 착각이 분명하다.

나는 당황하지 않으려고 기를 써야 했다.

어쩐지 그녀들은 즐거워 보였다. 살짝 웃는 것 같은데 이것도 내 착각이겠지. 그럴 거야.

목욕을 마치고 욕조에서 나오자 시녀들은 준비한 실크 가운을 걸쳐 주었다.

하인들이 다시 들어와 다 쓴 욕조와 목욕용품을 들고 갔다.

그런데 두 시녀는 떠나지 않고 나를 침대로 인도했다.

"영주님께 다른 명령도 받았습니다."

"저희가 모셔도 되겠습니까?"

두 시녀가 나를 보며 공손히 물었다.

갈등은 짧았다.

"그, 그렇게 하지."

딱히 거절할 이유가 없었다.

시녀들은 활짝 웃으며 침대로 올라왔다.

그렇게 나는 갈색 산맥에서 시작된 강행군의 여독을 풀며 하루를 보냈다.

\*　　　\*　　　\*

"잘 쉬셨소?"

"예, 여러 가지로 신경 써주신 덕분에요."

"하핫, 말씀대로 여러 가지로 신경을 많이 쓰긴 했지."

짓궂은 오딘의 말에 나는 쑥스러움을 느꼈다.

"옷은 어떻소?"

"괜찮네요. 생각보다 움직이기 편하고요."

나는 인공근육슈트 겉에 재단사가 가져다준 새 옷을 입고 있었다.

턱시도와 비슷하게 생긴 붉은색 상하의를 입고 하얀 스카프를 두른 채, 겉은 짙은 갈색 케이프를 두른 차림이었다.

신발은 경량화 마법이 걸린 가죽 부츠. 발이 가볍고 편했다.

붉은색이 너무 눈에 띄어서 부담됐지만, 귀족들은 이보다 더 화려하게 다닌다고 하니 참았다.

"시험을 어떻게 진행할지 답은 찾으셨소?"

"예, 한 가지 집히는 구석이 있습니다."

간밤에 잠깐 잠에서 깨어서 생각에 잠겨 있다가 나는 주어진 힌트가 무엇인지 알아낼 수 있었다.

"호오, 들어보고 싶구려."

"지금껏 그랬듯 이번 시험 또한 지난번 시험과 연관이 되어 있다고 생각을 했습니다."

"그건 그렇지."

오딘도 고개를 끄덕이며 동의했다.

"그리고 타락한 시험자들은 괴물들을 사냥해서 마정을 벌지만, 또한 사람을 죽여서 얻기도 하죠."

"사람이 괴물보다 더 죽이기 쉬우니까."

"그래서 저는 한 가지를 떠올릴 수 있었습니다."

"그게 무엇이오?"

나는 미소를 지으며 말했다.

"오딘 씨도 보셨을 겁니다."

"나도 봤다고? 흐음, 잘 모르겠군."

오딘이 고개를 갸웃거렸다.

내가 말했다.

"절벽을 기어 올라오던 좀비들 말이죠."

"그 우글거리던 좀비들 말이오? 그게 타락한 시험자들과 무슨……."

거기까지 말하다가 오딘은 뭔가를 떠올렸는지 두 눈을 부릅떴다.

내가 말했다.

"아레나에서는 보통 시신을 화장한다고 하셨지요? 그럼 그 시체들은 대체 어디서 난 걸까요?"

"살해당한 사람들이군!"

"예, 누가 죽였을까요?"

"맥락상 타락한 시험자들의 소행이겠구려!"

"바로 그겁니다."

오딘은 무릎을 탁 쳤다.

"그렇군. 그렇게 생각해 보면 지난번 시험과 이번 시험의 연

관성이 생기는군!'

"그리고 제 생각에 이건 오딘 씨의 시험에 대한 힌트도 됩니다."

"내 시험의?"

"좀비들이 타락한 시험자들에게 학살당한 사람들이라면 타락한 시험자들이 흑마법사들에게 시체를 제공했다고 봐야죠."

"······!"

"오딘 씨도 말씀하셨죠? 의도적으로 시험을 방해하는 타락한 시험자들이 있다고요."

"그, 그렇다면······."

"그 흑마법사들은 시험의 궁극적인 목적과 깊은 연관이 있습니다. 타락한 시험자들은 시험이 전부 클리어되는 걸 저지하기 위해 흑마법사들과 협력하고 있는 거죠."

내가 이어서 설명했다.

"갈색산맥으로 돌아가 좀비들의 잔해를 살펴봐야 합니다. 생김새와 옷 등을 보고서 그 사람들이 어느 나라 어느 지역 출신인지를 알아내야죠."

곰곰이 생각에 잠겨 있던 오딘은 고개를 끄덕이며 말했다.

"정말 훌륭한 추리요. 김현호 씨는 역시 대단하시구려."

"별말씀을요."

"같이 움직입시다. 이번 시험은 함께할 수 있겠구려."

"오딘 씨와 함께 다니면 저야 든든하죠."

그날은 특별한 날이었다.

오딘과 함께 움직이기로 결정된 날이었고, 내가 귀족이 된 날이기도 했다.

마법사가 제작한 신분증이 도착한 것이다.

직사각형의 작은 철판으로 된 신분증.

오딘은 엄지를 물어뜯어 피 한 방울을 신분증에 떨어뜨리며 말했다.

"나 울펜부르크 백작 오딘은 히노 킴에게 준남작의 작위를 수여한다."

"히, 히노?"

히노는 그의 딸 벨라가 나를 부르는 애칭이었다.

오딘은 씨익 웃으며 내게 말했다.

"자, 현호 씨도 피를 떨어뜨리시오."

"……예."

나는 오딘이 그랬듯 손가락을 물어 피를 냈다.

내 피가 떨어지자 놀라운 일이 벌어졌다.

"어?!"

오딘과 내 피가 꿈틀꿈틀 움직이더니, 한데 섞여서 글자로 변하는 것이었다.

그렇게 신분증에 붉은색으로 글자가 새겨졌다.

난생 처음 보는 글자였지만 나는 그 글자를 알아볼 수 있었다. 아레나에서 쓰이는 글자이리라.

피로 새겨진 글자는 이렇게 쓰여 있었다.

킴 준남작 히노.

"어떻소? 간단하지 않소?"

"그러네요. 근데 이 신분증에 걸린 마법은 두 사람의 피에 반응하나 보죠?"

"내 피가 없으면 반응하지 않소."

"어째서요?"

"우리 가문의 전담 마법사가 내 피에 반응하도록 마법을 걸 었소. 철저한 신분제 사회이니만큼 귀족을 사칭하지 못하도록 통제가 철저하지."

나는 완성된 내 신분증을 보며 신기함을 느꼈다.

마법이 내 신분을 증명한다.

절대로 아무나 만들지 못하는 신분증이 손에 들어오자 정말 로 신분이 상승한 듯한 우월감이 느껴졌다.

마치 부를 과시하기 위해 슈퍼카를 타는 것과 같은 심정이 었다.

그렇게 나는 아레나에서 귀족이 되었다.


오딘과 내가 함께 움직이면 서로에게 큰 이득이었다.

오딘의 이번 시험은 갈색산맥의 엘프들을 습격한 흑마법사 들에 대해 조사하는 것.

그 습격을 조장한 주범은 바로 존 오멘토라는 중년의 흑마법사였다.

그렇다면 그 존 오멘토를 붙잡는 것만으로도 오딘의 시험 클리어 조건이 충족된다.

난 존 오멘토를 만난 적 있다.

그뿐이랴?

목숨 걸고 싸우기까지 했다. 이상한 안개처럼 변신해서 날 위협했지.

비록 존 오멘토가 어디에 있는지는 모르나, 어느 방향에 있는지는 안다.

바로 길잡이 스킬!

한 번이라도 직접 본 사람이나 물건이 어느 방향에 있는지 알 수 있는 스킬.

초급 1레벨이라 방향만 어렴풋이 알 뿐이지만, 그것만으로도 충분히 추적이 가능했다.

결국 내 덕분에 오딘은 시험을 클리어하게 되는 것이다.

그럼 나한테는 어떤 이득이 있냐고?

그야 설명할 필요도 없다.

오딘 같은 강자가 함께하는데 무엇이 두렵겠는가?

타락한 시험자와 싸울 때도 오딘이 큰 힘이 되어줄 것이다.

그렇게 함께 움직이기로 했지만 우리는 서두르지 않았다.

"당분간은 이곳에서 지냅시다. 노르딕 시험단의 동료들을 만나 봐야 하니 말이오."

"예, 서두를 것 없죠."

오딘이나 나나 제한 시간은 무제한. 서두를 필요는 없었다.

그 후로 울펜부르크 백작가에 손님들이 방문하기 시작했다. 노르딕 시험단 소속의 시험자들이었다.

그들은 인공근육슈트와 교신기를 건네받고 시험을 수행하기 위해 다시 떠났다.

그렇게 여러 시험자가 다녀가면서 1개월이 흘렀을 때였다.

"영주님, 요한나 준남작님께서 오셨습니다."

식사 중에 시녀가 들어와 조용히 일렀다. 오딘이 말했다.

"들라하고 식사를 1인분 더 준비해라."

"네, 영주님."

요한나 준남작?

'설마……'

바로 그 설마였다.

식당에 나타난 예쁜 금발의 여자는 나를 발견하고는 푸른 눈을 빛내며 달려왔다.

"현호!"

마리 요한나였다.

파앗!

'헉!'

그녀는 순식간에 거리를 좁혀와 나를 끌어안았다.

순간적으로 나는 정말 기습에 당한 기분을 느꼈다. 암살 관련 스킬을 마스터했다는 말이 사실인 모양이었다.

"잘 지내셨어요?"

"응."

"그사이에 아프지는 않았고요?"

"한 번. 근데 이제 현호 봐서 괜찮아."

큼직한 푸른 눈동자를 반짝이는 모습이 귀엽게 느껴졌다.

나는 정령들을 대하던 버릇처럼 그녀를 슥슥 쓰다듬어 주며 생명의 불꽃 하나를 만들어 주었다.

불꽃이 머리에 스며들자 마리는 낮잠 자는 고양이처럼 나른해졌다.

"마리, 이번 시험은 뭐지?"

오딘이 물었다.

마리가 답했다.

"5서클 이상의 고위급 네크로맨서를 암살하라."

"또?"

오딘의 얼굴이 찌푸려졌다.

그녀는 전에도 흑마법사를 암살하는 시험을 치르다가 저주에 걸렸던 것이다.

"잘됐네요!"

내 말에 두 사람의 시선이 내게 모였다.

"존 오멘토가 있잖아요."

"그렇군!"

오딘이 반색을 했다.

"존 오멘토? 그거 누구?"

마리가 고개를 갸웃거렸다.

오딘은 품속에서 복사해 놓은 존 오멘토의 현상수배지 한 장을 꺼냈다.

"이놈이다. 언데드 군단으로 갈색산맥을 습격했을 정도니 5서클 이상은 되겠지."

마리는 현상수배지를 빤히 보더니 품속에 집어넣었다.

"우리와 함께 움직이는 게 좋을 것 같은데요. 어차피 오딘도 흑마법사들을 찾아야 하잖아요."

"그렇군. 마리, 이번 시험은 우리와 함께 다니자."

"현호도?"

"그래."

"헤헤, 현호 좋아."

마리는 나를 보며 푼수처럼 배시시 웃는다.

……뭐, 정신 상태야 어쨌든 그녀 역시 강력한 우군이 될 것은 틀림없으니까.

마리가 합류한 후에도 노르딕 시험단 소속의 시험자들이 뜸하게 방문하여 인공근육슈트와 교신기를 챙겨갔다.

나는 매일 생명의 불꽃을 만들어 하나는 마리에게 주고 다른 하나는 정령들에게 먹였다.

그렇게 또 한 달 가까이를 보냈을 때였다.

"영주님!"

병사가 달려왔다. 저택 성문을 지키던 낯익은 병사였다.

'또 누가 왔나?'

나는 대수롭지 않게 생각했다.

"무슨 일이냐?"

"이상한 여자가 영주님을 찾고 있습니다."

"이상한 여자?"

"예, 행색이 남루해 평민으로 보였는데 영주님을 만나겠다고 생떼를 쓰고 있습니다. 쫓아내려 해도 버티고 서서 묵묵부답이라……."

오딘은 고개를 끄덕였다.

"일단 데려와라."

"예? 하지만 무기까지 지닌 수상한 여자를……."

"혹시 그 무기가 곡도(曲刀) 두 자루 아니었어요?"

내가 물었다.

병사의 두 눈이 휘둥그레졌다.

"아니, 킴 준남작님께서 그걸 어떻게……."

"아는 사람이니 당장 데려오세요."

병사는 오딘을 쳐다봤다. 오딘은 고개를 끄덕였다.

"정중히 모셔 와라."

"옛!"

병사가 헐레벌떡 달려갔다.

오딘은 웃으며 말했다.

"다행히 차지혜 씨도 오셨구려. 기다린 보람이 있소."

"그러게요."

잠시 후, 차지혜가 병사의 안내를 받으며 나타났다.

과연, 병사들이 수상하게 여길 만했다.

차지혜는 행색이 말이 아니었다.

노숙을 하도 많이 한 탓에 옷이 낡아 떨어졌고, 허리춤에 걸려 있어 언제든 뽑을 수 있는 쌍곡도가 눈에 띠었다.

"반갑습니다."

차지혜는 무덤덤한 표정으로 인사했다.

오딘은 놀란 얼굴로 물었다.

"대륙 남서부 늪지대에 계셨다고 들었는데 생각보다 빨리 오셨구려."

"중간에 말을 훔쳐 타고 달려왔습니다. 추격을 받는 바람에 강행군으로 왔습니다."

차지혜의 과감한 행보에 나는 황당함을 느꼈다. 무슨 무법자냐?

차지혜는 오딘에게 이어서 말했다.

"그보다 옷과 기사 작위가 필요합니다."

"……."

천하의 오딘도 흠칫했다.

옷은 그렇다 쳐도 기사 작위를 먹을 것 달라는 듯이 당연하게 요구해 오다니. 대체 얼마나 뻔뻔한 건가?

다행히 차지혜는 자세한 설명을 들려주었다.

"제 이번 시험은 영주에게 실력을 인정받아 기사로 등용되는 것입니다."

"아, 그런 거였소?"

"그래서 오딘 씨가 생각나 바로 이리로 왔습니다."

"잘됐군. 내가 작위를 주면 바로 시험이 클리어되겠구려."

"다른 분들은 어떤 시험을 받으셨습니까?"

나는 그녀에게 우리의 시험에 대해 들려주고 함께 움직이기로 했다고 말했다.

차지혜는 잠시 고민하더니, 고개를 끄덕였다.

"저도 합류하겠습니다."

"차지혜 씨도? 그럴 필요가 있소? 내가 작위를 주면 바로 클리어될 텐데."

"그렇게 간단히 클리어하면 획득할 수 있는 카르마도 적습니다."

차지혜가 이어 말했다.

"시험은 실력을 인정받아 기사로 등용되라고 했습니다. 함께 움직이며 도움을 드리면 더 높은 성적으로 클리어가 가능합니다. 게다가……."

차지혜는 나를 쳐다보았다.

"되도록 빨리 김현호 씨와 아레나에서 합류하고 싶었고요."

그러자 뜬금없이 마리가 내 옆에 찰싹 붙으며 경계심 어린 눈초리로 차지혜를 노려본다.

"지혜 씨도 도와주신다니 저야 좋죠."

내가 답했다.

마리는 그런 내 결정이 마음에 안 들었는지 팔꿈치로 툭툭 내 옆구리를 찌른다. 이 여자는 대체 왜 이래?

오딘은 고개를 끄덕였다.

"좋소. 그럼 함께 움직입시다. 일단 인공근육슈트와 교신기부터 주겠소. 며칠 쉬었다가 출발합시다."

그렇게 4인의 팀이 임시로 만들어졌다.

\* \* \*

우리는 말을 타고 달려서 갈색산맥에 도착했다.

느티나무 마을에 이르자 엘프들이 반갑게 맞이해 주었다.

"킴이 벌써 왔네!"

"아내를 찾으러 떠났다고 안 했던가?"

"어? 저것 봐. 여자가 둘이나 되는데."

"벌써 여자를 둘이나 얻은 거야?"

"킴이 재주가 좋네."

"하긴, 킴은 대단하잖아."

엘프들은 멋대로 추측하며 쑥덕거렸다. 졸지에 난 2개월 만에 아내 둘을 만든 플레이보이로 소문이 나버렸다.

내 곁에 아교처럼 붙어서 떨어질 줄을 모르는 마리 탓에 오해는 더욱 증폭되었다.

결국 어머니들을 만났을 때에는……

"결혼 축하한다, 킴."

"네? 아, 아니, 전 아직……."

내가 뭐라고 해명할 틈도 없었다.

연장자 어머니가 흐뭇해하며 목각반지를 내 손에 끼워주

었다.

"네가 아내들을 데리고 왔다는 말을 듣고 급히 준비했단다. 생명의 나무로 깎아 만든 목각반지니 소중히 간직하렴."

"하, 하지만……."

"호호, 자, 아내들도 하나씩 받고."

'아내들'이란 말에 마리는 잽싸게 목각반지를 받아 손에 끼며 헤헤 웃었다. 뭐, 저 여자는 바보니까 그렇다 치자.

그런데 차지혜도 목각반지를 받아 순순히 손가락에 끼는 것이었다.

"댁은 또 그걸 왜 껴요?!"

이 여자는 또 뭐가 문제야!

"성의를 무시하기 어렵잖습니까. 그냥 결혼한 것으로 치죠."

"언제부터 그런 걸 따졌다고요?"

"현호 씨는 엘프들의 은인입니다. 현호 씨의 아내인 편이 제게 유리합니다."

"그, 그럼 전 2개월 만에 두 여자와 결혼한 놈이 되잖아요!"

"능력 있어 보입니다."

"말도 안 되는 소리 그만하고……."

"해명하기 귀찮습니다."

차지혜는 뻔뻔스럽게 고개를 돌려 날 외면했다.

"크으윽!"

그 와중에 마리는 내 옆에 찰싹 붙어서 애교를 떨었다.

"헤헤, 나 현호 아내야."

"……."

결국 난 포기하고 받아들였다. 될 대로 되라.

그렇게 한바탕 소동이 끝나고, 나는 연장자 어머니에게 이곳에 돌아온 목적을 설명했다.

"좀비들을 살펴보겠다고?"

"예, 그 흑마법사 놈들을 추적할 생각입니다."

"남편 부를까?"

"아뇨, 그냥 살펴보는 건데요, 뭐."

"아무튼 조심하렴."

우리는 바로 출발했다.

예전에 좀비 떼가 기어오르던 남서쪽의 절벽으로 향했다.

이제 좀비가 사라진 탓에 그곳을 지키는 베테랑 전사들도 보이지 않았다.

"가볼까요?"

나는 먼저 절벽에서 뛰어내렸다.

"같이 가!"

마리도 나를 쫓아 뛰어내렸다.

오딘과 차지혜도 잇따라 추락하기 시작했다.

"실프!"

─냐앙.

"떨어지기 직전에 우리를 받아줄래?"

─냥.

실프는 고개를 끄덕였다.

"꺄하하!"

마리는 번지점프라도 하는 것처럼 깔깔 웃으며 좋아했다.

낭떠러지 아래의 협곡은 초토화된 모습 그대로였다.

불에 그슬린 폐허!

데릭이 카사와 융합하여 온통 불바다로 만든 탓이었다.

"성한 좀비를 찾는 게 힘들겠구려."

오딘이 주위를 둘러보며 말했다.

"예, 그래도 잘 찾아보면 흔적이 남아 있을 거예요. 실프!"

—냥?

"좀비들 시체를 있는 대로 가져와 줘."

그러자 실프가 고개를 끄덕이고는 어디론가 휙하니 날아갔다.

실프는 협곡을 바쁘게 다니며 좀비들의 시신을 모아왔다.

팔다리가 성한 좀비는 하나도 없었지만, 그래도 타다 남은 옷 조각이나 잘린 머리 등은 충분히 모였다.

마리는 악취에 눈살을 찌푸렸다.

"한번 살펴봅시다."

우리는 좀비들을 살폈다.

좀비 잔해를 슥 보던 마리가 말했다.

"아만 제국."

"아만 제국?"

내가 의아함을 표했다.

오딘이 고개를 끄덕였다.

"대륙 서부의 나라요. 옛날에는 대륙을 일통한 적도 있었던 전통적인 강대국이오. 마리, 아만 제국 사람들이 확실한 거냐?"

마리는 고개를 끄덕였다.

오딘이 말했다.

"마리는 여러 지역을 많이 다녀봤소. 마리의 말이 틀림없을 거요."

"그럼 아만 제국에 가봐야겠네요."

대륙 서부의 국가라······.

굉장히 긴 여정이 될 것 같다.

# 8장

야만 제국으로

지도를 꺼내 살펴보니 아만 제국은 정말로 대륙 서쪽에 있었다. 먼 길이 될 것 같아 일단은 출발 전에 확인부터 해보기로 했다.

길잡이 스킬을 이용하면 간단하다.

"저쪽이 서쪽 맞죠?"

"응."

마리가 고개를 끄덕였다.

"그럼 아만 제국이 맞는 것 같아요. 존 오멘토도 서쪽에 있거든요."

"리창위도 서쪽에 있습니다."

차지혜가 덧붙였다. 그녀도 길잡이 스킬을 익힌 모양이었다.

"그럼 확실하군. 일단 내 영지로 돌아가 재정비를 하고 다시 출발합시다. 아만 제국까지는 도로가 잘 닦여 있으니 마차를 쓰는 게 좋겠소."

"그러죠."

우리는 간단하게 느티나무 마을의 엘프들과 작별하고 갈색 산맥을 떠났다.

말을 타고 울펜부르크 백작가로 돌아온 뒤, 오딘은 네 마리의 말이 끄는 사두마차를 준비시켰다.

짐칸에 식량을 넉넉하게 챙기고서 우리는 다시 출발했다.

마부가 마차를 끌었기 때문에 이번에는 아주 편한 여행이 되었다.

차지혜와 오딘은 저마다 아이템 백팩에서 책을 한 권씩 꺼내 읽기 시작했다.

다들 심심함을 달랠 취미를 하나씩 마련했군. 하지만 나를 따를 수는 없지.

"스마트폰 꺼내."

그러자 가공간에 보관되어 있던 스마트폰이 나타났다.

나는 스마트폰을 켜고 홀덤 포커 게임을 하기 시작했다.

그러자 이를 본 오딘의 얼굴에 부러움이 스쳤다.

"나도! 나도!"

옆에 찰싹 붙어 있는 마리가 눈을 반짝거리며 칭얼대기 시작했다.

결국 내게서 스마트폰을 약탈한 마리는 카메라 어플을 실행

시키더니 나와 함께 셀카를 찍었다.

"헤헤, 봐봐."

마리는 찍힌 사진을 보여주었다. 활짝 웃는 마리의 얼굴이 아주 예쁘게 나왔다.

"호오, 그럼 다 같이 사진이나 찍지 않겠소?"

"좋죠."

우리는 한쪽에 보여서 사진을 찍었다. 시험치고는 참으로 평화로운 시간이었다.

그런데 그렇게 며칠이 지났을 때였다.

잘 가던 마차가 문득 멈춰 섰다. 잠시 후에 마부가 오딘을 불렀다.

"영주님."

"무슨 일이냐?"

"도로의 통행이 금지되어서 먼 길로 우회해야 할 것 같습니다."

"왕실국도가 통행금지라니 무슨 일이라도 난 거냐?"

오딘이 물었다.

"와이번이 출현했다고 합니다."

"와이번이 이런 곳에?"

"예, 성체(成體)가 된 와이번 한 마리가 이 인근에 자리 잡았다고 합니다. 토벌이 끝날 때까지 통행이 금지될 듯합니다."

"토벌 진행 상태를 물어봐라."

"예."

잠시 후, 마부가 말했다.

"이제 토벌대를 모집하고 있다는 모양입니다."

"쯧, 멀었군."

와이번이라면 날개가 달린 도마뱀처럼 생긴 괴물로, 게임이나 만화에 흔히 등장하는 용의 축소판이라고 보면 된다.

아레나에 서식하는 괴물들 중 가장 강한 대형 괴물이라고 했다.

"좀 먼 길로 돌아가는 편이 낫겠구려."

"오딘 씨도 피해야 할 정도로 와이번이 강한가요?"

"와이번과 싸워서 못 이길 건 없지만 상당히 귀찮소. 날아다니는 놈이라 불리하면 달아났다가 다시 공격해 오기를 반복하거든. 바위 같은 무거운 것을 떨어뜨리는 수법도 쓰오."

오딘이 이어서 설명하기를, 와이번은 온몸을 감싼 비늘도 굉장히 단단해 오러로도 간신히 상처를 낼 정도라고 했다.

물론 오러 마스터인 오딘은 와이번을 두려워할 이유가 없었지만, 그래도 와이번의 습격에 마차라도 고장 나면 곤란한 것이었다.

'음? 가만. 대물 저격소총이라면 손쉽게 처치할 수 있지 않을까?'

12.7㎜ 구경의 대물 저격소총 AW50F의 위력을 시험해 볼 절호의 찬스였다.

내가 말했다.

"그냥 가죠. 제가 와이번을 잡겠습니다."

"김현호 씨가?"

"예, 맡겨주세요."

"흐음, 좋소. 그럼 내가 가서 말해보리다."

오딘은 마차에서 나가 도로를 통제하고 있는 병사들에게 뭐라고 말했다.

한쪽 무릎을 꿇고 예를 갖춘 병사들은 기꺼이 양옆으로 길을 비켜주었다.

오딘은 다시 마차에 탔다.

"내가 와이번을 처치하겠다고 말해뒀소."

"오딘 씨의 명성이 통하나 보네요."

"하핫, 쑥스럽지만 내 이름을 모르는 사람은 대륙에 없소."

세계가 알아주는 강자!

오딘의 위엄은 경탄스러울 정도였다.

그렇게 마차는 통제된 도로로 계속 나아가기 시작했다.

"실프."

—냥?

실프가 소환되었다.

"와이번이 나타나면 알려줘."

—냥.

실프는 고개를 끄덕이고는 마차 밖으로 정찰을 나갔다.

"바위를 마차 위로 떨어뜨릴 수도 있으니 조심해 주시오."

"예, 접근하기 전에 맞춰 잡을 생각이에요."

나는 자신이 있었다.

강철도 꿰뚫을 수 있을 정도로 탄약의 위력을 강화시켜 주는 탄약보정 마스터!

실프와 카사를 응용한 사격술.

그리고 구경 12.7㎜의 엄청난 괴물 소총 AW50F까지!

이걸 전부 합하면 제아무리 비늘이 단단한 와이번이라도 골로 보낼 수 있을 것이다.

'그래도 한 방에 죽일 수 있을지 어떨지는 모르니까 일단 날개부터 맞추자.'

날개를 타격해 와이번의 비행 능력을 차단하고 마무리 짓기로 했다.

마차는 조심스럽게 움직였다.

아마 밖에서 마차를 모는 마부는 굉장히 불안해하고 있겠지.

그렇게 대략 4시간쯤 움직였을 때였다.

ㅡ냐앙!

실프가 돌아와 앙칼진 고함을 질렀다.

'나타났구나!'

나는 문을 열고 달리는 마차 위에서 뛰어내렸다.

사뿐히 착지한 후에 소리쳤다.

"무장!"

그러자,

파앗!

하고 길이 1.35m에 중량 13.5㎏의 거대한 소총이 위용을 드러냈다.

"실프, 카사!"

실프는 물론 카사도 소환되어 내 어깨 위에 앉았다.

나는 AW50F를 번쩍 들어 하늘을 향해 겨누었다. 체력보정 중급 5레벨에 인공근육슈트까지 입은 내겐 권총처럼 가벼웠다.

"실프, 조준 부탁해."

—냥!

실프가 총구를 붙잡고 총을 왼쪽으로 움직였다.

그때였다.

"캬아아악—!!"

악마 같은 들끓는 괴성이 쩌렁쩌렁하게 울려 퍼졌다.

'와이번이구나!'

멀리에 작은 점 하나가 날아오고 있는 것이 보였다.

실프는 작은 점의 움직임에 맞춰 총구 방향을 조정했다.

"오른쪽 날개를 먼저 맞출 거야. 준비됐지?"

—냥!

—왈!

귀여운 정령들이 힘차게 대답했다.

자, 개봉박두!

나는 방아쇠를 당겼다.

타아아앙—

직경 12.7㎜짜리 총구에서 불꽃이 뿜어져 나왔다.

"캬아아아아아—!!"

찢어질 듯한 비명과 함께 멀리에 보이는 작은 점이 불안정하게 흔들거렸다. 오른쪽 날개에 명중한 것이 틀림없었다.

나는 볼트를 잡아당겨 탄피를 제거하며 소리쳤다.

"한 발 더!"

타아앙!!

"키아아아악!"

타앙! 타아앙—!

나는 볼트를 잡아당겨 제장전하며 잇달아 쏴 갈겼다. 계속 오른쪽 날개만 노렸다.

결국 와이번이 급속도로 추락했다.

쿠웅, 하는 소리와 함께 흙먼지가 피어오르는 것이 멀리에 보였다.

그제야 나는 AW50F를 소환해제시켰다.

"잡았네요. 한번 가보죠."

"허, 놀랍군. 그건 대물 저격소총이오?"

"네, AW50F라는 물건이죠."

"와이번의 비늘은 강철보다 단단하오. 그런데 잡아버리다니, 위력이 말도 안 될 정도구려!"

"제가 익힌 스킬 덕분에 위력이 크게 높아진 덕분이죠."

우리는 함께 와이번이 추락한 장소로 달려갔다.

달려가 보니 와이번은 한쪽 날개에서 푸른 피를 철철 흘리고 있었다.

"캬아악!"

그래도 몸은 간신히 일으켜 세운 채 와이번은 우리를 향해 포효했다.

"총알을 아끼시오. 마무리는 내가 짓지."

오딘은 허리춤에서 장검을 뽑아 들었다.

파아앗!

일순간 검신을 감싸며 타오르는 오러 블레이드!

"키아아아악!!"

와이번은 경각심을 느꼈는지 더욱 거칠게 포효했지만 오딘은 눈 하나 깜짝하지 않고 달려들었다.

콰지직!

오러 블레이드를 머금은 장검은 와이번의 머리통을 무참히 꿰뚫어 버렸다.

쿠웅!

와이번의 거구가 옆으로 쓰러졌다. 혀를 빼문 채 와이번은 그대로 즉사했다.

장검을 머리통에서 뽑은 오딘은 와이번의 배를 갈랐다. 그리고는 뱃속에 손을 집어넣어 무언가를 쑤욱 꺼냈다.

"받으시오."

오딘은 핸드볼만 한 크기의 마정을 내게 던져주었다.

"정말 크네요."

"그 정도면 400만 프랑은 받을 수 있소."

"이거 하나가요?"

난 놀라 물었다.

오딘은 피식 웃으며 말했다.

"가장 위협적이고 잡기 힘든 대형종의 마정인데 그 정도 하는 게 당연하잖소."

놀라웠다.

난 방금 총알 네 발로 약 44억 원을 번 것이다.

'뭐, 근데 어차피 돈은 썩어나는데.'

내가 마정을 팔아 돈 벌 생각을 하지 않은 이유는 하나였다.

생명의 불꽃으로 훨씬 많은 돈을 앉아서 벌 수 있거든!

이 마정은 내게 별 의미가 없었다.

나는 문득 차지혜에게 물었다.

"가질래요?"

차지혜는 현재 사망 처리가 되면서 재산도 잃어 무일푼 신세였던 것이다.

"좋습니다."

겸양의 미덕이 없어 시원시원한 게 차지혜다웠다.

"여기요."

나는 마정을 차지혜에게 던져주었다.

덴마크로 오면서 새로운 신분을 얻었으니 스위스의 아레나 전문 은행에서 계좌를 개설할 수도 있을 터였다.

"아무튼 놀라운 무기를 손에 넣었구려. 그 정도면 웬만한 타락한 시험자는 저격 한 방에 죽일 수 있겠소."

"상대가 리창위라면 어떨까요?"

"음……."

오딘은 진지하게 고민했다. 이윽고 그는 고개를 끄덕였다.

"승산이 있소."

의외였다. 이길 수 있다고는 말하지 않는 것이 말이다.

"나나 그 같은 오러 마스터는 오러가 일종의 감각기관과 같아서 1㎞ 이내의 기척을 감지할 수 있소. 리창위의 경우는 그보다 더 광범위할 수도 있지."

"그 감각권 밖에서 저격하면 가능하겠군요?"

"그렇겠지. 당신의 살기(殺氣)를 그가 알아차리지 못한다면 말이오. 평상시에도 긴장감을 갖고 있진 않을 테니 승산은 있소."

그렇다면 리창위를 이번 7회차 시험의 타깃으로 삼아도 된다는 뜻이로군.

그런데 그때였다.

마리가 소매에서 빠르게 나이프를 꺼내 오딘에게 던졌다.

쉬익!

파아앗!

거의 그와 동시에, 오딘의 몸에서 푸른 오러가 뿜어져 나왔다. 푸른 오러의 막이 나이프를 튕겨냈다.

"저거."

마리는 푸른 오러의 막에 감싸인 오딘을 보란 듯이 가리켰다.

오딘은 눈살을 찌푸리며 마리를 째려보았고, 마리는 히히히 웃었다.

난 놀라 물었다.

"그게 뭐죠?"

"감각권 내에서 무언가가 빠르게 날아오기에 반사적으로 오러로 보호막을 쳤소."

"그런 게 가능한가요?"

"상대가 때리려 하면 반사적으로 몸이 움츠러들지. 그와 비슷한 방어본능이오."

"그럼 제 총알도 그런 식으로 막히는 게 아닌가요?"

"모르겠소. 총알은 나이프보다 빨라서 가능할지 장담할 수 없소. 난 자신이 없지만, 리창위는 어떨지 모르겠군."

오딘은 어깨를 으쓱했다.

"게다가 리창위는 40회차를 훌쩍 넘어선 괴물이오. 마법으로 된 호신용 아이템 한두 개쯤 갖고 있을 수도 있지. 그러니 위험을 감수하지 말고 다른 타락한 시험자를 노리는 게 좋겠소."

"……그래야겠네요."

AW50F는 분명 강력했지만, 리창위 같은 최상위 랭크의 시험자도 녹록치 않았다.

'나도 이제부터는 메인스킬 레벨에 신경 써야겠다.'

상급 레벨에 이른 오러 컨트롤이 저런 괴물 같은 위력을 발휘하니, 새삼 메인스킬의 중요성을 깨달을 수 있었다.

"이만 출발합시다."

우리는 다시 마차를 타고 출발했다.

왕립국도를 따라 나아가니, 다시 도로를 통제하는 병사 무리를 볼 수 있었다.

오딘은 그들에게 와이번이 처치되었다는 사실을 알려주며

와이번 사체가 울펜부르크 백작가의 소유임을 명시시켰다.


왕립국도를 따라 이동하니 국경검문소가 보였다.

병사들이 삼엄하게 지키고 있는 국경검문소는 작은 문과 큰 문이 있었다.

작은 문 앞에는 사람들이 긴 줄을 이루고 있었고, 큰 문은 한산했다.

우리 마차는 큰 문으로 향했다.

"실례합니다. 신분증을 제시해 주십시오."

오딘은 마차 문을 열고 자신의 신분증을 보여주었다.

병사들은 신분증을 보고는 놀란 얼굴을 했다.

신분증을 돌려주며 정중하게 예를 갖춘다.

"아렌드의 위대한 무인, 울펜부르크 백작 각하를 뵙게 되어 영광입니다."

참고로 이 나라의 이름은 아렌드 왕국.

그리고 오딘은 아렌드 왕국 내에서 손꼽히는 강자였다.

마차는 다시 출발했다.

국경검문소를 통과하여 양국의 중립지대에 이르자, 도로 정비 상태가 엉망이라 마차가 덜컹거렸다.

"이러다 마차 고장 안 날까요?"

"마법이 걸려 있어 웬만해서는 부서질 일이 없소."

"아, 마법 참 편리하네요."

"이 세계의 문명을 우습게 보지 마시오. 바퀴 네 개가 높낮

이를 조절해 비포장도로를 달려도 수평이 유지되는 마차도 개발되었다고 들었소."

나는 새삼 마법의 신비함에 감탄했다.

인류의 암흑기였던 서양 중세를 연상케 해서 아레나 인류의 문명을 우습게 본 것이 사실이었다.

인류 평등과 인권이 없는 사회체제는 확실히 열등했다.

하지만 마법을 응용한 기술 수준은 무시할 수 없을 듯했다.

지구에서 과학으로 구현할 수 없는 것도 마법으로는 가능한 경우가 있다.

아레나 사업에 뛰어든 지구 각국의 기관들도 이 점을 노리는 것이리라.

중립지대를 통과하여 다시 국경검문소에 이르렀다. 이번에는 아렌드 왕국의 국경검문소가 아니었다.

출발한 지도 어느덧 30여 일.

우리는 마침내 아만 제국에 도착한 것이었다.

*　　　*　　　*

아만 제국은 습한 열대 기후를 가진 나라였다.

그 탓인지 사람들의 옷차림이 다들 시원시원했다.

상업도시 갈렌 시에 도착한 우리는 사람들이 북적거리는 도로를 간신히 헤쳐 나갔다.

'우와, 완전 해수욕장 같네.'

거의 헐벗는 사람들의 행색을 보고 나는 감탄을 금치 못했다.

물론 내 감탄을 산 것은 젊은 여자들이었다.

햇볕에 그을린 갈색 피부를 가진 여자들이 짧은 치마와 젖가슴을 간신히 가린 셔츠를 입고 당당히 다니는 모습에 절로 눈길이 갔다.

"현호!"

"응?"

마리가 날 부르자 그제야 난 퍼뜩 거리의 여자들에게서 시선을 거두었다.

마리는 뾰로통한 눈으로 날 노려보고 있었다.

"왜, 왜요?"

"나빠."

"뭐가요?"

"나빠."

"오해가 있으신 것 같은데, 저 나쁜 남자 아니에요."

오히려 살짝 호구 타입이지.

마리는 뭔가 심통이 난 듯하더니, 대뜸 마차 문을 열고 뛰쳐나갔다.

"어? 어디를?!"

"놔두시오. 알아서 잘 찾아올 거요."

오딘이 나를 만류했다.

'정말 종잡을 수가 없군.'

역시 맛이 간 여자는 대하기가 힘들다. 내 여동생 현지가 대표적이고.

갈렌 시는 국경검문소를 통과하면 가장 먼저 나타나는 도시였다.

양국을 오가는 중개상들과 여행자, 용병 등으로 1년 내내 북적거린다고 한다.

그 때문에 여관도 가격대 별로 다양했다.

용병들과 여행자들이 머무는 싸구려 합숙소도 있었고, 잘나가는 상인들을 위한 고급 여관, 그리고 귀족 전용의 최고급 여관도 존재했다.

우리는 당연히 귀족 전용 여관으로 갔다.

귀족들만 이용할 수 있는 최고급 여관답게 크고 화려했다.

마차를 세워놓는 곳과 수행 하인들을 위한 별도의 숙소도 딸려 있었다.

"돈은 많으니 아낄 필요 없소. 각자 방 하나씩 씁시다."

오딘의 말에 모두가 동의했다. 오딘은 돈을 지불하고 이 자리에 없는 마리의 것까지 방 4개를 잡았다.

여관의 지배인으로 보이는 뚱뚱한 중년 사내는 우리에게 목패를 하나씩 주었다.

목패마다 숫자가 적혀 있었는데, 내 목패는 401이었다.

"방 열쇠요. 잠금·열림 마법이 내장되어 있소."

"대단하네요."

이쯤이면 겉보기엔 아날로그적이어도 현대의 키 카드에 버금가는 기술력 아닌가.

우리는 각자의 방으로 들어갔다.

난 내 방인 401호실에서 짐을 풀고 방 안을 살폈다.

"휴우, 좀 살 것 같다."

제대로 팔다리 뻗고 침대에 누우니 몸이 노곤해졌다.

그동안 마차 안에서 웅크리고 자느라 불편했던 것이다. 물론 길바닥에서 자는 것보다는 낫지만.

그런데 그때였다.

"현호!"

"으악!"

갑자기 들리는 목소리에 놀란 나는 기겁을 하며 벌떡 일어났다.

……창밖에 마리가 매달려 있었다.

그녀는 품속에서 핀셋 같은 걸 꺼내더니, 닫힌 창문의 잠금장치를 순식간에 따버렸다.

철컥!

몇 초 만에 열려 버리는 창문.

"어때?"

안에 들어온 마리는 내 앞에서 빙글빙글 돌았다.

"헐……."

나도 모르게 입에서 튀어나온 감탄사였다.

그녀는 아만 제국 여자들과 똑같은 차림을 하고 있었다.

짧은 치마와 브래지어처럼 생긴 아슬아슬한 셔츠.

빙글빙글 돌 때마다 치마가 오르락내리락하며 하얀 팬티가 살짝살짝 보였다. 눈부시게 하얀 피부에 나는 아찔함마저 느꼈다.

"이, 인공근육슈트는요?"

"넣어뒀어."

"그러면 안 되죠!"

"왜?"

마리가 고개를 갸웃거렸다.

"전자기기를 아레나에서 고장 내지 않고 꺼낼 수 있는 사람은 나밖에 없잖아요."

그제야 마리는 화들짝 놀라 아이템 백팩을 소환하고, 안에서 인공근육슈트를 꺼냈다.

옷을 훌렁훌렁 벗어던져 속옷차림이 된 그녀는 허겁지겁 인공근육슈트를 입었다.

나 보는 데서 옷 갈아입지 마!

……고맙긴 하다만.

몸을 이리저리 움직여 본 마리는 안도의 한숨을 내쉬었다.

"고장 안 났다."

"다행이네요."

다행히도 인공근육슈트는 고장 나지 않고 제대로 작동되는 모양이었다.

'시험의 문만 통과하지 않으면 고장 나지 않는 모양이네.'

대신 나를 제외하면 다들 현실로 돌아가기 전에 인공근육슈트와 교신기를 아레나 어딘가에 보관해야 할 듯했다.

나는 교신기를 꺼내 오딘에게 전화를 걸었다.

오는 길에 전파송수신기를 으슥한 지역에 설치해 뒀기 때문에 이곳에도 전파가 미쳤다.

—무슨 일이오?

"다른 분들께 인공근육슈트와 교신기를 현실로 가져가서는 안 된다는 걸 주지시켜야 할 것 같아서요."

—이미 시험 전에 충분히 주지시켰소.

"에? 그래요?"

—당연하잖소. 비싼 대가를 지불하고 아레나에 반입한 물건인데 고장 내는 실수가 있어서는 안 되오.

그래, 그렇겠지.

노르딕 시험단이 그렇게 허술한 집단일 리가 없었다.

—마리만 조심한다면 실수하는 시험자는 없을 거요.

"……확실히 그러네요."

마리는 쑥스러운지 헤헤 웃고 있었다. 그녀는 결국 아만 제국 옷을 포기하고 원래 복장으로 돌아왔다.

\*      \*      \*

우리는 한동안 여관에서 머물며 정보를 모았다.

사실상 마리가 바쁘게 이리저리 다니며 소문을 수집했다.

우리는 그저 술집 등을 다니며 취객들의 잡담에 귀를 기울이는 정도였다.

여기서 나는 실프를 아주 유용하게 활용했다.

"주변을 둘러보면서 학살, 살육, 몰살, 떼죽음, 전멸, 이런 단어를 언급하는 대화를 내게 들려줘."

중급 2레벨이 되면서 실프의 정찰 반경은 3킬로미터까지 넓어져 있었다.

실프는 3킬로미터 이내에서 내가 언급한 단어가 들어간 대화를 나에게 들려주었다.

술집이나 식당 등에서 떠들썩하게 나누는 이야기들이 내 귀에 생생하게 들리기 시작했다.

나는 그중 쓸 만한 정보를 스마트폰에 메모했다.

이미 길잡이 스킬에 의해 존 오멘토나 리창위를 쫓을 수 있지만, 굳이 이렇게 정보 수집을 하는 이유는 신중을 기하기 위해서였다.

'난데없이 최종 보스의 스테이지에 들어가 버리면 안 되니까.'

그렇게 보름이 흐르자 우리는 목적지를 정할 수 있었다.

"데포르트 지방이 유력하네요. 그쪽 방면에서 들려오는 소문들이 하나같이 흉흉해요."

"맞아."

내 등에 매달려 있던 마리도 맞장구쳤다.

데포르트 지방은 아만 제국의 서쪽, 해안을 끼고 있는 지역이었다.

존 오멘토가 있는 방향도 서쪽이었다.

나는 서쪽 지역들 중에서 소문이 안 좋은 지방을 꼽았고, 그것이 데포르트 지방이었다.

"리창위도 그 방향에 있습니다."

차지혜가 덧붙였다.

오딘도 고개를 끄덕였다.

"그렇다면 그곳이 확실하구려. 그럼 내일 출발합시다. 리창위도 있다고 하니 이제부터는 신중해야겠소."

우리는 눈에 띄지 않게 사두마차는 이곳에 두고 말만 타고 다녀오기로 했다.

세 필의 말을 구입해서 출발했다.

오딘과 차지혜가 각각 한 필씩 탔고, 나는 껌처럼 붙어서 떨어질 줄을 모르는 마리와 함께 탔다.

*　　　*　　　*

데포르트 지방은 아만 제국의 서부 해안지역, 데포르트 항구의 인근 지역을 일컫는 지명이었다.

데포르트 항구는 어업이 활발한 지역인데, 술탄에게 진상할 정도로 진귀한 해산물이 풍부했다.

다만 해적들이 기승을 부린다는 점이 문제였다.

아만 제국의 치안력이 열악해진 틈을 타 강성해진 해적 세력은 이제 대륙 서부를 주름잡고 있다고 했다.

해안가의 항구들을 공격하는 건 기본이고, 이제는 내륙으로 더 깊숙이 침범하여 기습적인 약탈을 자행할 정도로 과감해졌다고 한다.

몇 차례 해적을 대대적으로 토벌하려 했으나 번번이 실패.

아만 제국은 대륙 최강을 자랑하는 육군 전력에 비해 해군은 형편없는 수준이었기 때문이다.

"여전히 대륙 정복의 야망에 정신 팔려 있으니 말이오. 그래서 육군 양성에만 몰두하는 거요."

오딘이 말했다.

"한때 대륙을 정복했던 영광을 다시 되찾고 싶은 것이지. 나라면 이웃 국가들과 화친을 하고 국내 치안과 해적 토벌에 힘을 기울여 안정을 꾀했을 텐데 말이오."

"그렇다고 해도 그 해적 세력은 너무 강성하네요. 아만 제국뿐만 아니라 서부 해안에 인접한 모든 국가가 골머리를 앓는 모양이던데요."

"흥, 해적 따위를 뿌리 뽑지 못하는 이유야 보나마나요."

"귀족들이 해적들을 통해 돈벌이를 하고 있겠죠."

차지혜가 말했다.

오딘은 고개를 끄덕였다.

"그거요. 해적들이 내통하는 귀족들에게 막대한 금은보화를 안겨주고 있지. 귀족들은 해적 토벌을 은연중에 방해하거나 정보를 유출해 위험을 피하게 만들고."

'썩었구나.'

민주국가인 한국도 비리가 판치는데, 이렇게 야만스러운 체제를 유지하고 있는 아레나는 어떻겠는가?

나는 잠시 생각하다가 입을 열었다.

"그 해적 세력의 주축이 타락한 시험자들 아닐까요?"

"나도 그렇게 추측하오. 아니더라도 최소한 해적 세력과 결탁을 하고 있겠지."

어디 종합해 보자.


1. 타락한 시험자들.

2. 흑마법사 조직.

3. 해적세력.

4. 그들의 뒤를 봐주는 썩어빠진 귀족들.


그야말로 극악무도한 범죄 카르텔의 조합이었다.

이쯤 되면 아만 제국을 넘어 이 아레나 세계가 걱정될 정도였다.

가뜩이나 괴물들이 많이 서식해서 살기 힘든 세상인데, 인간끼리도 이렇게 아귀다툼을 벌이고 있으니!

이런 지옥에서 살고 있는 아레나 사람들이 불쌍해졌다.

'어쩌면 시험은 이 썩은 세상을 정화하는 게 최종 목표인지도 모르겠어.'

갈렌 시에서 출발한 지 긴 시일이 흘렀을 무렵.

우리는 마침내 데포르트 항구에 도착했다.

# 9장

클리어

ARENA

데포르트 항구는 첫인상부터가 개판이었다.

왜냐고?

저 봐라. 여기저기 불타오르고 사람들은 울부짖으며 도망치고 있지 않은가.

"해적들이다!"

"도망쳐!"

"꺄아악!"

이비규환이었다. 사람들이 짐을 바리바리 싸들고 항구를 빠져나오고 있었다. 전쟁이라도 난 듯한 혼란이었다.

"해적이 처들어온 것 같소."

"예, 딱 보기에도 그러네요."

"그럼 저 중에 타락한 시험자들도 끼어 있을 수 있겠지?"

"예, 아무래도요."

내가 타락한 시험자라면 이런 기회를 놓치고 싶지 않을 것이다.

사람을 무차별로 죽이고 마정을 빼내갈 기회다. 이런 이벤트에 그들이 빠질 것 같다는 생각이 들지 않았다.

"타락한 시험자들은 기본적으로 베테랑이라 강하니 간부급일 겁니다."

차지혜가 말했다.

"일단은 해적들과 싸우지 말고 잠자코 상황을 지켜보다가 타락한 시험자로 의심되는 요주 인물을 발견하면 단숨에 타격해야 합니다."

우리는 모두 그 말에 동의했다.

나는 주위를 둘러보다가 데포르트 항구를 내려다 볼 수 있는 언덕 지형을 발견했다.

"전 저곳에 있을게요."

"그게 좋겠군. 우리는 도시 안으로 침투하겠소."

"예."

나는 일행들과 헤어져서 언덕으로 향했다.

"바람의 가호!"

나는 훌쩍 점프했다.

인공근육슈트로 증폭된 근력으로 한 번에 수십 미터를 도약했다.

몇 번을 이어서 도약하여 간단하게 언덕에 올라섰다.

푸드덕거리며 언덕 위 나무에 있던 새들이 놀라 달아났다.

그리 높지 않은 언덕이라 항구 전경이 빠짐없이 내려다보이지는 않았지만, 이만하면 충분히 발사각이 나올 것 같았다.

'어차피 조준이나 발사는 실프가 하면 되니까.'

"무장."

AW50F가 내 손에 나타났다.

나는 바위 몇 개와 수풀을 가져와 쌓아놓고 은폐물을 만들었다.

그 뒤에 몸을 숨기고 총구를 틈바구니에 내밀었다.

AW50F에 달린 스코프로 항구 내부의 모습을 살펴보았다.

해적들이 약탈을 벌이고 있었다.

무기를 든 사내들이 문을 부수고 가정집에 들어가더니 나이든 여자 하나를 머리채 휘어잡고 끌어낸다.

뭐라고 지들끼리 떠들며 낄낄거리더니 거침없이 도를 휘둘러 목을 쳤다. 가여운 여인은 겁에 질린 표정 그대로 목이 잘려 버렸다.

놈들은 여인의 배를 갈라 마정을 꺼내는 만행을 저질렀다.

'저 개새끼들이!'

당장 전부 쏴서 머리통을 터뜨려 버려야 속이 풀릴 것 같았다. 하지만 난 분노를 참으며 계속 항구 내부를 살폈다.

'타락한 시험자를 먼저 찾아내야 하니까.'

지금 내가 저놈들한테 방아쇠를 당기면 일을 그르친다.

실프로 총성을 차단시킨다 해도 총알이 공기를 가르는 소리
는 요란하게 들린다.

해적들이 무언가 알 수 없는 원거리 공격에 쓰러지면 타락
한 시험자들은 그게 저격이란 걸 알아차린다.

다른 시험자가 자신들을 노린다는 걸 눈치채고 경계할 터였
다.

'타락한 시험자를 우선적으로 제거해야 돼. 내가 먼저 놈들
을 찾아내야 해.'

나머지 잔챙이들은 나중에 처치해도 늦지 않았다.

문제는 저 해적들 중 누가 타락한 시험자인지 알 수 없다는
점이었다.

'어쩌지?'

그렇게 고민을 하고 있을 때였다.

문득 교신기에 진동이 오자 통화를 받았다. 차지혜의 교신
기 번호가 쓰여 있었다.

―김현호 씨.

"예, 말씀하세요."

―제게 작전이 있습니다.

그녀의 말이 반가웠다. 마침 이대로는 안 되고, 뭔가 더 특
별한 작전이 필요하겠다 싶었던 차였다.

―해적들 중에 타락한 시험자들이 있다고 가정한다면 우리
는 그들보다 유리한 강점이 있습니다.

"그게 뭐죠?"

—이 교신기입니다.

"아!"

—교신기가 아니더라도 김현호 씨가 실프를 통해 우리에게 말을 전달할 수 있죠. 서로 소통이 원활하다는 점은 전술적으로 매우 유리한 요소입니다.

"이 점을 이용해서 조직적으로 싸우자는 말씀이시죠?"

—그렇습니다.

차지혜가 작전을 설명하기 시작했다.

—우선 우리 중 가장 강한 오딘 씨가 전면에 나서서 해적들을 처치합니다. 타락한 시험자들이 오딘 씨를 처치하기 위해 움직일 겁니다.

"그렇겠죠. 어쩌면 오딘 씨의 얼굴을 알아볼지도 모르죠."

—그렇습니다. 김현호 씨는 계속 실프로 감시하다가 '시험자'나 '오딘'이라는 단어를 언급하는 해적을 찾아내 저격하십시오.

'아!'

명쾌한 방책이었다.

—타락한 시험자들은 안전을 우선시 여기므로 혼자 다니지 않습니다. 한 명이 저격당하면 다른 한 명은 즉각 저격을 피해 숨을 겁니다.

"예."

—그때 김현호 씨는 교신기나 실프를 통해 적이 숨은 위치를 제게 말씀해 주십시오. 제가 기습하여 마무리 짓거나 저격

가능한 장소로 나오게 만들겠습니다.

"좋아요. 그럼 마리는요?"

―그녀는 위험에 노출된 오딘을 은밀히 보호할 겁니다.

아귀가 딱딱 맞는군.

과연 군인 출신인 차지혜다운 작전 지시였다.

"알겠어요."

―그럼 지금부터 시작하지요. 먼저 오딘 씨가 항구 중앙 광장에 나타나 해적들의 이목을 집중시킬 겁니다.

"네!"

통화를 종료하고서 나는 실프에게 지시를 내렸다.

"실프, 지금부터 항구에서 '시험자'와 '오딘'을 언급하는 해적을 찾아내서 조준해 줘."

―냥!

실프는 즉각 항구를 향해 날아갔다. 높은 하늘을 날고 있으므로 누구의 눈에도 띄지 않았다.

오딘이 싸움을 시작했다.

데포르트 항구 중앙 광장에 나타난 오딘은 장검을 뽑았다.

해적들이 주위에서 덤벼들었지만 빠르게 좌우로 휘둘러 두 명의 목을 잘랐다.

낫으로 잡초 베듯 간단히 두 명을 사살한 오딘은 금세 주위 해적들의 이목을 집중시켰다.

사방에서 해적들이 달려들었다.

검과 도뿐만 아니라 창이나 도끼 등 다양한 무기로 덤볐지만, 오딘은 눈 하나 깜짝하지 않았다.

촤촤촤악―

푸른 오러가 아지랑이처럼 장검에서 피어오르며 푸른 원이 그려졌다.

해적 5인이 몸뚱이가 양분되었다. 절단된 몸뚱이에서 유혈이 콸콸 쏟아졌다.

해적들이 겁을 먹고 주저하자, 오딘이 본격적으로 움직였다.

양떼 속에 뛰어든 사자처럼 거침없이 날뛰는 오딘.

장검이 춤을 출 때마다 해적들이 토막 나버린다.

잔인하지만 해적 놈들의 만행을 생각하니 속이 다 시원했다.

오딘은 의도적으로 오러 블레이드를 사용하지 않았다. 그냥 소량의 오러를 발출하며 싸울 뿐이었다.

그 때문에 해적들은 다수의 힘으로 어떻게든 가능하리라 믿고 꾸역꾸역 덤볐다.

해적들이 개미 떼처럼 모여들자 오딘은 비로소 본색을 드러냈다.

터져 나오는 오러 블레이드.

경악으로 몸이 굳어진 해적들.

오딘은 거침없이 달려들었다. 겁 없이 모여든 개미 떼에게 본때를 보여주었다.

추풍낙엽, 유혈낭자!

마치 인면수심의 해적들이 지옥에 온 것 같은 풍경이었다.

인간의 몸이 어떻게 흐물흐물한 두부처럼 썩둑썩둑 썰릴 수가 있을까.

오딘이 장검을 휘두르면 오러 블레이드에 닿는 모든 해적이 조각나 버렸다.

해적들이 비명을 지르며 뿔뿔이 흩어져 달아나기 시작했다.

오러 마스터의 출현!

자신들이 수백 번을 죽었다 깨어나도 이길 수 없는 상대임을 깨달았던 것이다.

오딘은 한 명도 놓칠 수 없다는 듯 활발하게 광장을 누비며 해적들을 살육했다.

왼편에 있었던 오딘이 삽시간에 오른편에 나타난다.

단숨에 광장이 정리되었다.

해적들은 광장에서 죽거나 달아났다.

마치 피난을 떠난 사람들처럼 해적들도 정신없이 오딘을 피해 도망쳤다.

오딘은 해적들을 쫓아 움직였다.

그야말로 오딘은 그 자체로 검 한 자루를 든 대량살상병기였다.

'정말 대단하다.'

절벽에서 이미 좀비 떼를 한 방에 떼죽음시킨 무위를 봤었지만 다시 봐도 감탄밖에 나오지 않았다.

압도적인 강함.

진정한 강자가 무엇인지 그는 똑똑히 보여주고 있었다.

그런데 그때였다.

ㅡ냐앙!

순식간에 내 옆에 나타난 실프가 소리쳤다.

'나타났구나! 타락한 시험자들!'

나는 즉각 AW50F를 쏠 준비를 했다.

실프가 총구를 항구 서쪽 지구로 움직여 주었다.

"카사!"

ㅡ왈!

카사가 나타났다.

"준비해!"

실프와 카사는 내 양어깨에 올라탔다. 나는 스코프로 타깃이 된 상대를 응시했다.

'중국인이군!'

검은 머리의 젊은 동양인 사내. 다른 사내들도 하나같이 동양인이었다.

존 오멘토와 더불어 리창위의 방향을 길잡이 스킬로 쫓아 이곳에 왔으니, 정황상 중국의 타락한 시험자들이 확실했다.

나는 방아쇠를 당겼다.

푸슉!!

총성은 실프가 차단했으나 바람을 가르는 소리만도 우렁찼다.

스코프의 동그란 렌즈를 통해 상대의 머리통이 폭발해 버리는 게 보였다.

"다른 놈도!"

나는 서둘러 재장전하고 한 방 더 쏘았다.

갑자기 동료의 머리통이 터져 버리자 다른 타락한 시험자들이 당황했다.

하지만 그들은 군사훈련은 받지 않은 까닭에 저격이라는 사실을 늦게 인지했다.

나는 한 방 더 갈겼다.

슈우욱—!!

또 한 사람의 목에 총알이 적중했다.

놀랍게도 목에서 피가 폭발했다.

목이 흔적도 없이 날아가 버리고, 머리가 몸뚱이에서 분리되어 허공에 붕 떴다.

'좋았어!'

다른 두 사람은 그제야 건물 뒤로 숨어버렸다.

나는 교신기를 꺼내 차지혜에게 통화를 걸었다.

—예.

"서쪽지구에 두 명이 숨어 있어요. 둘 다 남자들인데 머리나 피부색이나 척 봐도 중국인이에요."

—정확히 서쪽 지구 어딥니까?

"광장에서 큰 도로를 따라 서쪽으로 쭉 가면 바로 보여요."

—알겠습니다.

나는 실프에게 지시를 내렸다.

"차지혜에게 정확한 방향과 거리를 가르쳐 주고 와."

실프는 고개를 끄덕이고는 항구를 향해 총알처럼 날아갔다.

잠시 후에 실프는 다시 돌아왔다.

"알려줬어?"

—냐앙.

실프는 고개를 끄덕였다.

나는 다시 스코프에 눈을 갖다 대고 타락한 시험자 둘이 숨어 있는 건물을 주시했다.

차지혜가 그 건물로 접근하는 것이 포착되었다.

나는 방아쇠를 실프에게 맡겼다.

"놈들이 보이면 무조건 쏴버려. 손이든 발이든 신체 일부가 노출되면 무조건 맞춰 버려."

—냐앙.

실프는 나를 대신해 총 손잡이를 잡았다.

난 계속 스코프를 응시했다.

차지혜가 건물 뒤로 돌아가며 쌍곡도를 휘둘렀다.

영악하게도 그녀는 위협공격만 한 뒤에 뒤로 물러났다.

그녀에게 반격을 가하려던 타락한 시험자의 오른팔이 건물 밖으로 노출되었다.

푸슉!

즉각 방아쇠를 당긴 실프.

음속보다 빠르게 날아간 50BMG 탄환이 검을 휘두르던 오른팔을 아작 내버렸다.

오른팔이 팔꿈치부터 떨어져 나갔다.

검을 쥔 오른손이 땅바닥에 나뒹굴었다.

안 봐도 고통에 처절한 비명을 지를 모습이 상상된다.

건물 뒤에 숨어 있어서 마무리를 짓지 못해 아쉬울 따름이었다.

차지혜도 쉽사리 건물 뒤에 숨은 사내들에게 덤벼들지 못했다.

비록 기습은 성공했고 한 명은 무기를 쓰는 오른팔을 잃었지만, 그녀는 이제 겨우 7회차였다. 타락한 시험자 둘을 상대로는 역부족인 것이다.

'응? 가만……'

AW50F는 대물 저격소총.

전차나 엄폐물을 뚫고 적을 사살하기 위한 용도의 무기다.

게다가 마스터 레벨에 달한 탄약보정 스킬과 정령술까지 더해지면…….

'건물을 뚫고 적중시킬 수 있잖아?'

나는 실프에게 말했다.

"놈들을 쏴버려. 엄폐물이 있어도 상관없어."

―냐앙.

실프는 긴 꼬리로 총구 방향을 조정하거니 앙증맞은 앞발로 방아쇠를 당겼다.


실프는 연속으로 총을 마구 쏘았다.

재장전하고 다시 쏘는 속도가 너무 빨라 저격이 아니라 무차별 난사로 보일 지경이었다.

날아간 총알은 건물 벽을 뚫어버렸다. 예상대로의 위력이었다.

철컥철컥!

총알이 다 소모되자 리로드 스킬 발동. 빈 탄창에 총알이 저절로 채워졌다.

그러고도 세 발을 더 쏜 뒤에야 실프는 사격을 중지했다.

적의 시체는 건물 뒤에 있어 볼 수 없었지만, 스코프에 차지혜가 나를 향해 오케이 사인을 보내는 게 보였다.

적이 전부 사살되었다는 뜻이었다.

'가만, 근데 왜 시험의 문이 나타나지 않지?'

타락한 시험자를 4명이나 처치했으니 시험이 클리어되고 시험의 문이 나타나야 정상이었다.

"석판 소환."

나는 직접 확인해 보기로 했다.


―성명(Name) : 김현호

―클래스(Class) : 라

―카르마(Karma) : +14,400

―시험(Mission) : 타락한 시험자를 1명 이상 사살하라. (달성)

―제한 시간(Time limit) : 무제한

―시험을 클리어했습니다. 시험을 마치려면 '시험의 문'을 부르

십시오.

─시험 중에는 카르마 보상을 받을 수 없습니다.


'달성했다!'

역시 그 4인은 타락한 시험자였다.

시험 클리어 조건은 타락한 시험자를 1명 이상 처치하는 것. 기간은 무제한.

즉, 원하면 타락한 시험자를 더 처치해도 된다는 뜻이었다.

'시험의 문을 부르면 언제든 돌아갈 수 있군. 이것도 좋은데?

위험해지면 시험의 문을 불러서 도망치면 될 듯했다.

무엇보다도 기쁜 것은 카르마!

타락한 시험자 4인을 죽이고서 획득한 카르마가 1만이 훌쩍 넘는다. 시험 서너 번은 클리어해야 얻을 수 있는 양이었다.

'좀 더 사냥하자.'

로또 대박을 맞은 것 같은 짜릿한 기분이 들었다.

잘 만하면 타락한 시험자를 대량학살하고 엄청나게 강해질 수 있는 것이었다.

'어차피 오딘과 마리를 도와줘야 하니까.'

나는 한동안 아레나에서 더 머물기로 했다.

아쉽게도 해적들이 후퇴하기 시작했다. 오딘에게 살육당한 숫자가 백 명을 넘어섰기 때문이었다.

'좀 더 사냥하고 싶은데.'

나는 어서 타락한 시험자가 더 걸려들기를 바랐다.

그때였다.

—나아앙!

실프가 꼬리로 총구를 감아 오른쪽으로 이동시켰다.

"찾았어?"

—냥.

실프는 고개를 끄덕였다.

스코프를 통해 실프가 겨눈 곳을 확인해 보니 정말로 시험자로 보이는 자가 보였다.

머리와 눈썹은 갈색으로 염색했지만 피부색은 동양인이었다. 그 옆에도 다른 동양인이 있었다.

'확실하군.'

둘이나 되다니, 좋은 기회였다.

나는 즉각 방아쇠를 당겼다.

슈욱—!

총알이 세차게 바람을 갈랐다.

그런데 총알은 타락한 시험자의 머리에 다다르기 전에 무언가에 부딪쳤다. 투명한 무언가가 깨지는 듯한 형상이 보였다.

'마법인가?'

아마도 방어 마법 같았다. 상대는 마법을 메인스킬로 익힌 모양이었다.

타깃이 된 타락한 시험자는 깜짝 놀라 사방을 둘러보고 있었다.

어디서 무슨 공격이 시도됐는지는 아직 눈치 못 챈 모양이었다. 총성이 없으니 알아차릴 리가 없었다.

'한 발 더!'

나는 재장전하고 다시 방아쇠를 당겼다.

타락한 시험자가 뭐라고 주문을 외우는가 싶더니 또다시 총알이 방어 마법에 막혀 버렸다.

나는 아까보다 더 신속하게 재장전하고 재차 쏘았다.

진땀을 흘리며 다시 주문을 외는 타락한 시험자.

그러나 이번에는 내가 더 빨랐다.

건물도 관통해 버리는 엄청난 위력의 50BMG 탄환은 타락한 시험자의 머리통을 통째로 날려 버렸다.

목 없는 시체가 풀썩 고꾸라졌다.

곁에 있던 동료는 그제야 저격이라는 것을 깨달았는지 근처의 큰 나무 뒤로 몸을 숨겼다.

'겨우 나무?'

나는 실프를 시켜 나무를 조준, 방아쇠를 당겼다.

슈욱!

총알이 나무를 뚫고 들어가 뒤에 숨은 타락한 시험자의 목을 맞췄다.

하지만 나무를 관통하면서 위력이 반감된 탓인지 목이 통째로 날아가지는 않았다.

타락한 시험자는 목에서 꾸역꾸역 쏟아지는 피를 막으며 떨리는 손으로 주머니에서 힐링포션을 꺼낸다.

'안 되지.'

나는 한 발 더 쏘았다.

힐링포션을 목에 부으려 할 때, 50BMG탄이 머리를 통째로 흔적도 없이 날려 버렸다.

머리가 사라진 목에 힐링포션이 부질없이 쏟아진다.

'6명째!'

나는 희열을 느꼈다.

석판을 다시 소환해 카르마를 확인했다.


─성명(Name): 김현호

─클래스(Class): 21

─카르마(Karma): +17,900

─시험(Mission): 타락한 시험자를 1명 이상 사살하라. (달성)

─제한 시간(Time limit): 무제한

─시험을 클리어했습니다. 시험을 마치려면 '시험의 문'을 부르십시오.

─시험 중에는 카르마 보상을 받을 수 없습니다.


"하하하!"

절로 웃음이 나왔다. 카르마를 갈퀴로 긁어모으는군.

해적들이 배를 타고 달아나기 시작하면서 싸움은 끝이 났다.

'아쉬운데.'

1명 이상 사살하면 되는 시험에서 6명이나 처치했으니 초과 달성! 2만에 달하는 카르마를 하루 만에 대량 획득한 대성공이었다.

그럼에도 사람 욕심은 끝이 없는지 아쉬움이 밀려왔다.

교신기를 통해 오딘에게서 연락이 왔다.

─싸움은 정리된 모양인데 김현호 씨는 어떻게 됐소?

"6명이나 처치했어요."

─6명이나?

오딘이 깜짝 놀랐다.

"네, 오딘 씨 덕분입니다."

─뭘, 차지혜 씨 작전이 좋았던 거지. 아무튼 축하드리오. 카르마도 많이 얻었겠군?

"네, 시험도 클리어했어요."

난 모두가 시험을 클리어할 때까지 귀환하지 않고 함께하겠다고 덧붙였다.

─그런데 해적들과 타락한 시험자들이 결탁한 건 알겠는데, 이제는 어찌할 생각이시오? 존 오멘토라는 흑마법사를 추적해야 하지 않겠소?

난 잠시 생각하다가 답했다.

"아뇨. 잠시 이곳에 머물죠."

─왜 그렇소?

"만약에 타락한 시험자와 해적들이 흑마법사들과 결탁했다고 생각해 보세요. 흑마법사들이 원하는 건 뭘까요?"

—······시체?

"예, 그리고 해적들이 패하긴 했어도 이번 싸움에서 시체가 많이 생겼죠."

—시체를 빼돌리기 위해 흑마법사들이 나타날 거라는 뜻이로군.

"그렇죠. 아레나에서는 죽은 사람을 화장하는 게 보편적인 장례 방식이라고 하셨죠?"

—그렇소.

"그럼 화장했다고 말하고 시체를 빼돌리는 일도 얼마든지 가능하지 않을까요?"

—그렇겠군. 그런데 이런 재난으로 인한 희생자의 장례는 해당 지역의 통치자들이 주관하는 것이 보통이오.

아만 제국은 영주가 없고 술탄이 임명한 집정관들이 일정 임기 동안 지방을 통치한다고 했다.

"귀족들이 해적들의 뒤를 봐준다면서요?"

—아! 그렇군. 그리고 보니 이번 습격도 이상하게 정규군의 저항 흔적이 적군.

"아마 이 지역에서 파고들면 꼭 존 오멘토가 아니더라도 흑마법사를 발견할 수 있지 않을까 싶어요."

—좋소. 그러면 이곳에서 머물면서 희생자들의 시신을 어떻게 처리하는지 살펴봅시다.

"예."

통화를 끊고서 나는 일행들이 있는 항구로 향했다.

*　　　*　　　*

"오오! 그 유명한 울펜부르크 백작 각하시군요!"

깡마른 민머리 노인이 잔뜩 호들갑을 떨며 오딘에게 알랑방
귀를 떨었다.

작고 삐쩍 마른 체격에 온갖 화려한 색상의 옷과 번쩍거리
는 장신구를 덕지덕지 걸어서 마치 사이비 교주처럼 수상해
보이는 작자였다.

"경황이 없어 인사가 늦었군요. 저는 이곳 데포르트 항구의
집정관으로 5년째 지내고 있는 실 앗셀입니다."

"방어 태세가 왜 이렇게 허술한 것이오? 게다가 정규군은
어딜 갔기에 항구가 속수무책으로 해적에게 침공당했소?"

오딘이 추궁하듯 물었다.

앗셀 집정관은 짐짓 안타깝다는 듯이 한숨을 쉰다.

"에고고, 그 간악한 것들이 우리가 인근에 출몰한 몬스터를
토벌하러 떠난 틈을 타서 공격해 왔지 뭡니까?"

"……그렇소? 참 운이 없었구려."

"그러게 말입니다."

낙심한 표정을 하는 앗셀 집정관.

하지만 우리는 그가 해적들과 한통속임을 짐작할 수 있었
다. 연기를 너무 못하거든.

"자자, 이러지 마시고 제가 모실 테니 함께 관저로 가시지요?"

오딘은 고개를 저었다.

"그냥 잠깐 머물다 떠날 뿐이니 신경 쓰지 마시오."

"아이고, 잠깐이라도 저희 항구를 구해주신 은인이신데 대접이 소홀해서야 되겠습니까?"

"됐소, 양국이 그리 좋은 관계도 아니고. 고생이 많으실 텐데 수고하시오."

"에고고, 정 그러시다면 어쩔 수 없지요. 이거야 원 죄송스러워서……."

그렇게 앗셀 집정관과 작별하고 우리는 잡아놓은 여관으로 돌아갔다.

그 난리가 난 지 반나절도 안 됐는데 벌써 영업을 시작한 여관 주인의 의지가 대단했다.

다행히 식료품은 약탈당하지 않아서 식사도 할 수 있었다.

식사를 하면서 오딘이 말했다.

"해적과 한통속이군."

"네, 척 봐도 그렇던데요. 공교롭게 몬스터 토벌을 떠나느라 항구를 못 지켰다는 것도 수상하고요."

내가 맞장구쳤다.

바깥에서는 뒤늦게 나타난 앗셀 집정관의 명령으로 시신을 수습하고 있었다.

해적과 싸워야 했던 병사들이 뒤늦게 시신이나 수습하는 꼴을 보니 한심스러웠다.

현재 나는 실프를 시켜서 시신을 수습해서 어디로 싣고 가는지 감시케 했다.

그런데 차지혜가 아이디어를 냈다.

"타락한 시험자들을 색별해 처치했던 것과 같은 방법을 쓰면 되지 않겠습니까?"

"어떻게요?"

"'언데드'와 '좀비'를 언급하는 자를 찾는 겁니다. 이 와중에 그런 단어를 언급할 자는 흑마법사밖에 없으니까요."

나는 멍하니 차지혜를 쳐다봤다.

"뭔가 잘못됐습니까?"

"아뇨, 너무 똑똑하셔서요."

"감사합니다."

겸손도 없이 그냥 칭찬을 받아들이는 것도 차지혜다웠다.

저렇게 좋은 아이디어가 척척 나오다니, 정말 쓸 만한 동료다 싶었다.

나는 그녀의 의견대로 실프에게 지시를 내렸다.

그런데 불과 10분도 되지 않아 실프가 돌아와서 서쪽을 가리켰다.

"벌써 찾았니?"

ㅡ냐앙.

실프는 고개를 끄덕였다.

"그럼 그들의 대화를 내게 들려줄래?"

―냥.

실프가 힘을 발휘하자 한줄기의 미풍이 내 귓가를 스쳤다.

이윽고 웬 젊은 남자들의 대화가 바로 옆에 있는 것처럼 들리기 시작했다.

―어서 영혼의 파편을 모아. 많이 모아 가지 않으면 스승님께서 우리까지 언데드로 만들어버릴 거야.

―빌어먹을, 그때 갈색산맥에서 일만 성공했어도 영혼의 파편을 대량으로 모았을 텐데.

'그놈들이다!'

나는 스마트폰과 터치펜을 실프에게 건네주었다.

"그 자식들 사진을 찍어올래?"

―냥.

실프는 스마트폰과 터치펜을 들고 휙 하니 떠났다.

"갈색산맥이라면 흑마법사 놈들이 확실하구려."

함께 대화를 들은 마리가 주먹을 불끈 쥐었다.

"가서 죽일까?"

마리가 크고 푸른 눈을 동그랗게 뜨며 묻는다. 이 예쁜 얼굴로 그런 살벌한 소리를 하다니.

나는 고개를 저었다.

"말투를 보면 저놈들은 거물급이 아니에요."

마리의 시험은 '5서클 이상의 고위급 네크로맨서를 처치하는 것' 이다.

대화를 들어보면 그들이 잔챙이라는 것을 쉽게 알 수 있었다.

'그들이 말하는 스승이라는 작자가 거물이겠지.'

게다가 '영혼의 파편'이라는 말이 의미심장했다.

들어보면 그들의 목적은 언데드로 만들 시체가 아니라 영혼의 파편이라는 것 같았다.

# 10장

목적

[그때 갈색산맥에서 일만 성공했어도 영혼의 파편을 대량으로 모았을 텐데.]

그 말은 갈색산맥을 습격한 목적이 영혼의 파편이라는 뜻이었다.

'아니, 대륙 각지에서 엘프들을 습격한 주요 목적이 영혼의 파편이겠지.'

정리해 보자.


1. 정체불명의 흑마법사 조직은 영혼의 파편을 모으고 있다.

2. 아마도 영혼의 파편은 그들의 목적을 이루기 위한 수단일 것이다.

3. 시신을 빼돌려 만드는 언데드 군단은 영혼의 파편을 모으기 위한 수단일 뿐이다.

나는 나름대로 정리해 본 생각을 모두에게 말했다.

"영혼의 파편이라……. 그게 놈들의 진정한 목적이라는 것이군."

"영혼의 파편을 모아서 무언가를 하려는 모양이죠. 그 무언가가 뭔지는 모르겠지만요."

그때, 차지혜가 입을 열었다.

"그 영혼의 파편이라는 것은 죽은 사람에게서 얻을 수 있는 것 같습니다."

"아무래도 그렇겠네요. 사람들이 해적들에게 죽은 이 시점에 나타나 영혼의 파편을 모으고 있으니까요."

때마침 실프가 돌아왔다. 실프는 무음 카메라 어플로 촬영한 사진을 보여주었다.

젊은 두 남자는 병사 복장을 하고 있었다.

병사로 위장한 채 돌아다니며 영혼의 파편을 모으고 있는 것이다.

"잡아 족치는 게 좋지 않겠소?"

"그게 좋겠네요."

우리는 자리에서 일어났다.

실프의 안내에 따라 이동한 우리는 사진으로 본 두 남자를 발견했다.

겉보기에는 시신을 살피는 것 같은데, 자세히 보니 양손을 모아 무언가 주문을 외고 있었다.

그러자 시신에서 반딧불처럼 하얀 빛의 부스러기가 그들의 손에 모여들었다.

그들은 빛 부스러기를 조심스럽게 기이한 문양이 새겨진 주머니에 담았다.

"내가 끌고 오겠소."

오딘이 나섰다.

땅을 박차고 뛰어든 오딘은 마치 순간이동처럼 두 남자의 지척에 도달했다.

두 남자가 놀랄 틈도 없이 오딘은 손날로 뒷목을 쳐서 기절시켰다.

그리곤 양손에 번쩍 들고 돌아왔다.

"조용한 곳으로 갑시다!"

"네."

우리는 기절한 두 남자를 끌고 으슥한 골목으로 달려갔다.

조용한 장소에 도착하자 일단 두 남자를 깨웠다.

"헉!"

"뭐, 뭐냐!"

두 남자는 우리를 보고 겁에 질렸다.

오딘은 그들에게 말했다.

"영혼의 파편으로 무엇을 하려는 것이냐?"

"그, 그걸 어떻게? 너, 너희는 뭐냐?!"

우리가 영혼의 파편을 언급하자 두 사람은 화들짝 놀랐다.

"너희가 흑마법사라는 건 알고 있다. 지금부터 내 질문에 대답을 하지 않으면 손가락을 하나씩 밟아 짓이길 거다."

오딘의 협박은 나조차도 오싹하게 만들었다.

"너, 넌 누구야!"

"울펜부르크 백작 오딘이다."

"우, 울펜부르크?"

"아렌드의 오러 마스터……."

두 남자는 넋을 잃었다.

그만큼 아레나에서 오딘의 명성은 드높았다.

오딘은 씨익 웃었다.

"설령 너희의 스승이 온데도 내 손에서 빠져나갈 수 없을 것이다."

"다, 당신이 정말로 울펜부르크 백작이라고?"

"마, 맞아. 울펜부르크 백작이 나타나 해적들을 격퇴했다고 듣긴 했는데……."

그들은 오딘의 정체를 믿고 두려워하기 시작했다.

"그럼 첫 번째 질문이다. 영혼의 파편으로 하려는 목적이 무엇이냐?"

"그, 그건……!"

당혹이 어린 두 남자.

"대답 안 하면 어떻게 되는지는 경고했다."

"히익!"

"하지만 그건……."

두 남자는 겁에 질려 손을 오므렸다.

오딘은 그중 한 남자의 손목을 움켜쥐고 땅을 짚게 했다.

금방이라도 손가락 하나를 밟아 짓이기려는 듯했다.

"으악! 자, 잠깐만! 말한다! 말한다고!"

손목을 붙잡힌 남자가 비명을 질렀다. 다행히 겁이 많은 작자들이었다.

"여, 영혼의 파편은 고위급 네크로맨시(Necromancy) 마법에 꼭 필요한 중요한 재료다."

그들은 술술 불기 시작했다.

"언데드를 만드는 방법은 두 가지인데, 그냥 죽은 시체에 흑마력을 불어넣어서 단순한 행동 요령만 이행하게 하는 것이 가장 쉬운 네크로맨시다."

"좀비로군."

내 말에 그들은 고개를 끄덕였다.

"그, 그렇다. 하지만 영혼의 파편을 뭉친 가짜 영혼을 불어넣으면 살아생전의 모습과 유사해진다."

"누군가를 부활시키려 하는 듯합니다."

차지혜가 말했다.

오딘은 재차 그들을 추궁했다.

"너희가 부활시키려는 게 누구야?"

"그건 모른다."

"정신을 못 차렸군."

오딘은 다시 남자의 손을 땅에 붙여놓았다. 남자가 기절초 풍할 것처럼 경기를 일으키며 소리쳤다.

"아악! 정말이야! 상부에서 누굴 살려내려는 건지 아는 사람 은 극소수란 말이야!"

"아는 게 그것뿐이면 너희의 운명에 조의를 표하는 수밖에 없다."

"기, 기다려! 다만 이것 하나는 확실해."

"말해."

"부활시키려는 게 누군지는 몰라도 대단한 거물이야. 엄청 난 양의 영혼의 파편이 필요할 정도로 커다란 영혼의 그릇을 가진 전설의 인물일 거야!"

그때, 이번에는 내가 물었다.

"영혼의 파편은 어떤 방식으로 모으는 거지?"

"살아 있는 생명체가 죽으면 영혼이 빠져나가면서 영혼의 잔혼이 남는다. 그 잔혼을 조금씩 모으는 거다."

그 말을 듣는 순간, 한 가지 생각이 내 뇌리를 스쳤다.

"그래서 엘프들을 공격했군? 진짜 목적은 생명의 나무를 죽 이고 남은 영혼의 파편을 모으기 위해서. 맞지?"

"그, 그렇다. 생명의 나무는 어떤 생명체보다도 풍부한 영혼 의 파편이 남아 있으니까."

진짜 타깃은 엘프들이 아니라, 엘프들이 목숨처럼 소중히 여기는 생명의 나무였던 것이다.

나는 잠시 생각하다가 다시 물었다.

"너희의 스승 존 오멘토는 지금 어디에 있지?"

"어, 어째서 우리의 스승님을 아는 거냐?!"

"대체 정체가 뭐야! 어째서 이렇게 많은 걸 알고 있는 건데?"

두 남자는 혼란에 빠졌다.

그럴 수밖에.

놈들은 지들끼리 대화를 나눌 때 갈색산맥을 언급했다.

그래서 난 놈들의 스승이 갈색산맥을 공격한 장본인 존 오멘토일 거라고 확신할 수 있었다.

"너희의 스승 존 오멘토는 지금 서쪽에 있을 거다. 구체적으로 어느 지역이고, 언제 어디에서 너희와 합류하기로 했지?"

길잡이 스킬로 존 오멘토가 있는 방향까지 언급하자 그들의 얼굴은 절망으로 물들었다.

우리가 이미 많은 것을 알고 있다고 생각하는 그들은 거짓말을 할 엄두를 못 낼 것이다.

"스승님께서는 사람이 많은 곳에 발을 들이지 않으신다. 서쪽의 가까운 산에 동굴이 하나 있는데 그곳에서 우리가 일을 마치고 돌아오길 기다리신다. 하지만 우리가 오지 않으면 스승님께서 직접 움직이실 거다."

"존 오멘토의 마법 수준은 어느 정도지?"

"스승님께서는 경지가 6서클에 달하신 위대한 네크로맨서이시다!"

"잠깐! 이만하면 됐잖아! 우리를 풀어줘!"

"살려준다. 하지만 질문은 끝나지 않았어."

오딘이 으름장을 놓았다.

"이젠 아는 게 없단 말이야!"

"그럴 리가. 너희가 속한 조직은 정체가 무엇이냐?"

"모, 모른다."

"거짓말 말고 아는 대로 불어."

"네크로맨서의 숙원을 이루기 위한 비밀결사라는 것 외엔 모른다. 우린 스승님께서 시키는 대로 따를 뿐이었어!"

"그 조직의 구성은?"

"그것 역시 모른다. 조직은 모든 게 베일에 싸여 있어."

그때였다.

"거짓말했어."

마리가 불쑥 끼어들어 말했다.

오딘의 눈빛이 스산해졌다.

"그렇다는데?"

"거, 거짓말이라니?"

"우린 정말 몰라……!"

두 남자가 공포에 질려 악을 쓰며 소리쳤다.

하지만 마리가 또 말했다.

"또 거짓말했다. 거짓말 나쁜데."

"거짓말을 두 번 했으니 손가락 두 개씩이군?"

오딘이 말했다.

두 남자는 울먹이며 소리쳤다.

"정말로 아는 게 없단 말이야!"

"우리는 모든 걸 말했다고!!"

"저것도 거짓말이다."

계속되는 마리의 단호한 지적.

오딘은 피식 웃으며 그들에게 말했다.

"안됐군. 그녀는 모든 거짓말을 간파한다. 이제 손가락 세 개군."

모든 거짓말을 간파해?

아마도 마리 요한나는 그런 스킬을 가지고 있는 듯했다.

오딘이 한 남자의 손목을 붙잡아 땅에 갖다 붙일 때였다.

손목을 붙잡힌 남자가 울음을 터뜨리며 소리 질렀다.

"6인의 대사제!"

"인마! 그건……!"

다른 남자의 안색도 창백해졌다. 무언가 중요한 비밀을 언급한 모양이었다.

"6인의 대사제라고?"

"그래, 조직을 관장하는 사람들이야! 그들이 모든 걸 알고 있어. 나머지는 아무것도 몰라!"

오딘은 우리를 바라보았다.

"이제 더는 얻을 수 있는 게 없을 것 같소."

"오딘 씨, 한번 시험을 클리어하셨는지 확인해 보십시오."

차지혜가 오딘에게 말했다.

오딘은 고개를 끄덕이고는 '석판 소환'을 외쳤다.

우리에게는 보이지 않는 석판을 들여다본 오딘은 미소를 지으며 말했다.

"시험을 클리어했소."

그럼 이제 차지혜와 마리만 남았군.

차지혜야 당장에라도 오딘이 작위를 주면 해결되는 문제고, 존 오멘토만 처치하면 마리도 해결된다.

슈칵! 스컥!

마리가 전광석화처럼 두 남자의 목을 베어버렸다.

두 남자는 목에서 피를 콸콸 쏟으며 쓰러졌다. 두 눈은 원망과 분노를 담아 부릅뜬 채로…….

'살벌하네.'

망설임 없이 손을 쓰는 마리를 보며 나는 놀랐다.

하지만 그걸 보면서도 아무렇지 않은 나 스스로에게도 놀랐다.

살고 싶어서 줄줄이 비밀을 실토하던 두 사람을 일행이 죽였는데도 나는 조금도 마음에 걸리지 않았다.

'뭐, 상관없어. 어차피 죽일 놈들이었으니까.'

이제는 나도 이놈의 시험에 익숙해진 것이었다.

"갑시다."

우리는 속전속결로 일을 처리하기로 했다. 즉시 존 오멘토가 있다는 서쪽 인근의 산으로 향했다.

길잡이 스킬도 있었기에 쉽사리 찾을 수 있었다.

"이 산이 틀림없네요."

내가 말했다.

존 오멘토가 산 위에 있을 거라는 직감이 들었다. 길잡이 스킬의 효과였다.

우리는 함께 산을 올랐다.

6서클 네크로맨서가 어느 정도로 강한지는 갈피를 잡을 수 없었다.

하지만 그때 존 오멘토가 날 습격했을 때도 그다지 위협적이진 않았다. 네크로맨서가 직전 전투에는 취약한 부류로 보인다.

하물며 우리는 넷이나 되니 싸움에서 질 걱정은 들지 않는다.

'달아나지만 못하게 해야지.'

나는 실프를 소환해 인근을 정찰하며 앞장섰다.

그런데 정찰 중이던 실프가 나에게 한 장면을 머릿속으로 전달해 주었다.

실프가 보고 있는 이미지가 머릿속에 떠오른다.

그것은 좀비 떼였다. 백여 마리는 족히 되어 보였다.

"좀비 무리가 있네요."

"그동안 시체를 이리로 빼돌려 언데드로 만들었던 모양이오. 정말 기생충 같은 놈들이군."

오딘이 치를 떨었다.

차지혜가 말했다.

"우리는 좀비 떼와 싸우며 주의를 끌고, 마리 씨가 우회해서 잠입해 타깃을 암살하면 어떻겠습니까?"

"그게 좋겠소. 마리, 알아들었지?"

"응. 다녀올게."

마리는 쌩하게 오른쪽 방향으로 이동했다.

나머지 셋은 좀비 무리가 진을 치고 있는 정면으로 나아갔다.

나는 쌍권총을 소환해 양손에 쥐었다. 오딘도 장검을 뽑아 들며 앞장섰다.

"내가 선두에 서서 돌파하겠소."

"제가 후미에 서는 게 좋겠습니다."

쌍곡도를 뽑아 든 차지혜가 말했다.

권총이 주 무기인 나를 중앙에 놓는 포메이션이었다.

"갑시다!"

오딘이 빠르게 달려 나가기 시작했다. 나 역시 그를 뒤따랐다.

"바람의 가호!"

바람의 가호가 발동되자, 땅을 디딜 때마다 발에서 바람이 발출되면서 내 몸이 사뿐히 날아올랐다.

껑충껑충 뛰며 오딘의 뒤를 바짝 따랐다.

"크아아!"

"으아아아!"

좀비 떼가 우릴 발견하고는 우르르 몰려들었다.

"단숨에 정면 돌파하겠소."

"예!"

"그러십시오."

오딘은 좀비 떼를 향해 저돌적으로 돌진했다.

장검을 크게 한 번 휘두르자 한 좀비의 머리가 날아갔다.

그대로 오딘은 어깨로 들이받으며 좀비 떼를 온몸으로 밀어붙였다.

"으어어!"

"크아아!"

십여 마리의 좀비 떼가 오딘에게 밀려나 우르르 뒤로 넘어졌다.

인공근육슈트로 인해 20배 강해진 완력으로 밀어붙인 것이다.

오딘은 계속해서 검면으로 좀비의 몸통을 후려쳤다.

증폭된 완력으로 휘두른 검면에 얻어맞은 좀비가 뒤로 날아갔다. 다른 좀비 서너 마리와 뒤얽혀 도미노처럼 쓰러진다.

그렇게 오딘은 힘을 앞세워 길을 뚫기 시작했고, 나는 양옆에서 덤벼드는 좀비들을 권총으로 쏘아 맞췄다.

타아앙— 타앙—

총알 한 발이 좀비 대여섯 마리의 머리통을 줄줄이 관통해 버린다. 탄약보정 스킬을 마스터해서 강해진 위력 덕분이었다.

'좋은데?'

대폭 강화된 권총의 위력에 나는 신이 나서 사방에 대고 난사했다.

좀비 떼가 사방팔방에 우글거리고 있어서 어딜 쏘든 우수수

적중당했다.

차지혜는 후미에서 침착하게 가까이 접근한 좀비만 처리했다. 물론 쌍곡도로 일격에 목을 깔끔히 잘라 버리는 솜씨는 예사롭지 않았다.

순식간에 우리는 좀비 무리의 방어선을 돌파했다.

"너무 빨리 다가가면 놈이 도망칠 수도 있을 텐데……. 우리는 그냥 이곳에서 좀비들을 정리합시다."

오딘의 제안에 우리는 고개를 끄덕여 찬성했다.

어차피 존 오멘토는 마리의 몫이었다. 그녀의 시험이니 그녀가 직접 처치해야 하는 것이었다.

우리는 계속 남아 좀비들을 처치하며 시간을 보냈다.

존 오멘토도 경각심이 든 것일까?

여러 방향에서 새로운 좀비 떼가 몰려들기 시작했다.

하지만 좀비 따위야 아무리 많아도 두렵지 않았다.

우리는 계속해서 좀비 떼를 살육해 나갔다. 하지만 사방에서 모여든 좀비 떼가 수백 마리도 넘어 보여서 끝이 안 보였다.

'귀찮은데 한꺼번에 처리할까?'

적은 힘으로 대량학살을 할 수 있는 방법은 있었다.

"카사!"

─왈왈!

카사가 나타나 꼬리를 맹렬히 흔들었다.

"불을 붙여."

―왈!

카사는 나무에 불을 붙였다.

"불이 좀비 떼를 둘러싸도록 곳곳마다 불 질러 버려!"

―멍!

카사가 날아갔다.

사방에서 시커먼 연기가 피어오르기 시작했다. 나무에 붙은 불은 옆 나무로 옮겨 붙으며 기하급수적으로 규모를 키워 나갔다.

"크게 산불이 날 텐데 우린 피하죠."

"그럽시다."

우리는 좀비 떼를 돌파하며 달렸다.

얼마나 달렸을까.

활활 타오르는 불길이 우리의 앞을 가로막았다.

―카사! 길 열어!

―멍!

카사가 힘을 쓰자 불의 벽이 양옆으로 갈라지며 길을 텄다. 우리는 그 사이로 통과했다.

불길이 미치는 범위에서 빠져나온 우리는 산이 불타는 모습을 지켜보았다.

거대한 원을 그리며 활활 타는 산불은 그 안에 있는 수백 마리의 좀비 떼를 불사르고 있었다.

'간단하군.'

우리는 계속 산을 돌아다니며 좀비를 발견하는 족족 사살했다.

그렇게 얼마나 시간이 흘렀을까?

문득 내 교신기가 진동했다.

확인해 보니 마리에게서 걸려온 교신이었다.

"마리 씨?"

―헤헤, 안녕, 현호.

"네, 존 오멘토는 어떻게 됐어요?"

―죽였어.

"그래요?"

―응. 시험의 문 나왔어. 바로 가봐야 해.

"예, 그럼 저희도 이만 마무리 짓고 따라갈게요."

―응! 돌아가서 봐, 현호.

통화가 끊어졌다.

아무래도 마리는 시험을 클리어하자마자 바로 시험의 문이 나타난 모양이었다.

5서클 이상의 고위급 흑마법사를 처치하라는 시험이었으니, 존 오멘토를 죽이자마자 바로 시험이 종료된 것이다.

반면 나나 오딘은 선택의 여지가 있었다.

나는 1명 이상의 타락한 시험자를 처치하는 시험. 즉, 그보다 더 많이 죽여도 되므로 바로 시험이 종료되지 않는 것이다.

오딘도 마찬가지.

그는 갈색산맥을 습격한 흑마법사 무리에 대해 조사하라는 시험이다. 지금도 충분히 클리어 조건을 달성했지만, 그보다 더 많은 걸 조사해도 된다.

"이제 남은 건 차지혜 씨의 시험이구려. 이 자리에서 당장 해결합시다."

오딘은 품속에서 신분증을 꺼내 차지혜에게 내밀었다.

오딘은 손가락을 물어 피를 내어 신분증에 떨어뜨렸다.

"따라하시오."

차지혜도 피를 내어 신분증에 묻혔다.

"나 울펜부르크 백작 오딘은 크리스티나 차에게 준남작의 작위를 수여한다."

'크리스티나 차'는 덴마크 당국이 한국에서 사망 처리 된 차지혜에게 만들어준 새로운 신분이었다.

이윽고 그녀의 이름이 신분증에 새겨지면서 준남작의 작위 까지 아레나의 글자로 표기되었다.

파앗!

그러자 시험의 문이 나타났다.

"저도 시험을 클리어했습니다."

영주에게 실력을 인정받아 기사 작위를 받으라는 차지혜의 시험이 클리어된 순간이었다.

"우리도 이 시험의 문으로 통과해도 상관없을까요?"

내가 문득 궁금해져서 물었다.

저 시험의 문은 차지혜를 위한 통로였기 때문이다.

다른 시험자가 통과하면 어떤 일이 생길지 궁금했다.

"상관없소. 시험을 미달성한 시험자가 아니면 통과할 수 있소. 다 함께 갑시다."

"네."

일단 두 사람은 인공근육슈트와 교신기를 나에게 건네주었다. 내 가공간이 아니면 시험의 문을 통과했을 때 전자기기가 망가지기 때문이다.

마리도 아마 그것들을 근처에 감춰뒀겠지 싶었다.

차지혜가 시험의 문을 열고 먼저 들어갔다. 뒤를 이어 오딘과 나도 통과했다.

밝은 빛 무리에 휩싸여서 시야가 온통 새하얗게 물들었다.

\*　　　\*　　　\*

하늘도 땅도 텅 빈 새하얀 세계. 끝도 없이 무한히 펼쳐진 하얀 지평선이 보인다. 그리고 나는 내 옆에 차지혜가 있는 걸 보고 깜짝 놀랐다.

"지혜 씨?"

"김현호 씨."

차지혜는 별로 놀란 기색 없이 덤덤히 날 반겼다.

"어떻게 여기에? 같은 시험의 문을 통과했기 때문인가?"

"오딘 씨는 없습니다만."

"아, 그렇네요."

"아마도 우리가 한 팀이 된 것이리라 추측됩니다."

그때였다.

"맞아요!"

하늘에서 퍼덕거리며 내려오는 아니꼽게 생긴 아기 천사.

"이야, 두 분 드디어 목적을 달성하셨네요! 아레나에서 함께 행동하며 한 팀으로 인정되길 바랐잖아요."

"이렇게 빨리 목적대로 될 줄은 몰랐는데."

"저도 두 분이 한 팀이 되는 편이 좋다고 판단했거든요. 특별히 편의를 봐준 거니까 고마운 줄 아세요."

"고맙다."

"알면 됐어요."

역시 재수 없는 자식이다.

저 깐죽거리는 말투를 어떻게든 고쳐주고 싶다. 내 아들이었으면 엉덩이를 철썩철썩 때렸을 텐데.

"하긴 저만 한 아들이 있을 나이죠?"

아기 천사가 내 생각을 읽었는지 낄낄거렸다.

'크윽.'

약점을 찔린 나는 그냥 입을 다물기로 했다.

"석판 소환."

차지혜는 우리 잡담에 낄 생각이 없는지 석판을 소환했다.

그제야 나도 석판을 소환해서 시험 결과를 확인했다.

─성명(Name): 김현호
─클래스(Class): 33
─카르마(Karma): +31,000

―시험(mission): 다음 시험까지 휴식을 취하라.

―제한 시간(Time limit): 100일

순간 나는 내 눈을 의심했다.

클래스가 21에서 33로 열한 계단을 건너뛰었다.

17,900카르마는 31,000카르마로 뻥튀기 되어 있었다.

"이, 이게 뭐야?"

"뭐긴요. 눈깔 뺐나요?"

"……."

너무 많이 올랐잖아?

타락한 시험자 여섯 명을 처치한 게 이 정도로 대단한 성과였나?

카르마는 그렇다 치고 클래스가 21에서 33으로 껑충 뛴 건 기겁할 정도였다.

"클래스는 시험자의 역량을 나타내는 지표예요. 지난 6회차 끝나고 휴식하시는 동안 무진장 강해졌죠?"

"아, 그게 적용된 거냐?"

"네."

중국의 타락한 시험자 2명을 처치해서 카르마를 습득했다. 또한 돈으로 카르마를 사기도 했다.

그렇게 해서 강해진 부분까지 적용되었다면 이해가 된다.

"자자, 알았으면 얼른 가세요."

아기 천사는 시험의 문을 소환하고는 파리 쫓듯이 휘휘 손짓했다.

차지혜가 성큼 시험의 문을 열고 나갔다. 나 역시 엄청난 성과에 잔뜩 들뜬 마음으로 뒤따랐다.

그렇게 7회차 시험이 종료되었다.

＊　　＊　　＊

현실.

노르딕 시험단 본부로 돌아온 나는 모두와 재회했다.

"카르마는 많이 얻으셨어요?"

내 물음에 오딘은 만족스러운 얼굴로 고개를 끄덕였다.

"덕분에. '6인의 대사제'까지 알아낸 것이 주효했는지 높은 성적을 얻었소."

"나도!"

마리는 방방 뛰며 내 등 뒤에 찰싹 달라붙었다.

"마찬가지입니다."

차지혜는 간단히 대꾸했다.

우리는 오랜만에 제대로 된 식사를 하며 다음 시험 경향에 대해 토의했다.

"나는 아마 다음 시험에서 울펜부르크 백작가로 돌아가게 될 거요. 가문과 영지를 오래 비워둘 수는 없거든."

상식적으로 그게 타당한 추측이었다.

그렇지 않아도 울펜부르크 백작가는 전쟁을 치른 지 얼마

되지 않아서 혼란스러웠다.

그런 시기에 통치자인 오딘이 오래 비워두면 엉망이 될 터였다.

"이번 시험에서 흑마법사 조직에 대하여 조사했으니, 다음 시험은 알아낸 사실을 널리 알리는 일이 될 겁니다. 그게 맥락상 흐름이 자연스럽습니다."

차지혜의 의견에 오딘은 감탄을 했다.

"그렇군. 지위와 명성을 가진 나에게 적합한 시험이군. 내가 널리 알리면 대륙 전체에 전달될 테니까."

오딘은 대영주였고 대륙 전체에 명성이 높았다.

그런 그가 흑마법사 조직의 존재와 목적에 대해 언급하면 그 사실이 대륙 전체에 퍼질 것이다.

모든 나라가 흑마법사들을 경계하고 색출하려 들 터였다.

그것만으로도 그 조직의 행동에 큰 제약이 가해지게 된다. 놈들은 공개적으로 활보할 수 없으니 말이다.

"저는 이번 시험에서 타락한 시험자를 사살했으니, 아마도 다음 시험에서는 타락한 시험자들과 한통속인 해적들과 싸우게 되지 않을까요?"

"그렇겠구려. 데포르트 항구에서도 그들은 해적들과 같은 복장을 하고 있었으니 말이오."

"해적들이 급격이 세력을 떨치게 되었다고 했는데, 중국의 타락한 시험자들이 합류한 덕분이 아닐까 추측됩니다."

차지혜의 말에 나는 고개를 끄덕였다.

"제 생각에도 다음 시험에서는 해적들과 싸우게 될 것 같아요."

"조심하시오. 자칫 잘못하면 리창위와 붙게 될지도 모르니. 6명이나 죽었으니 중국 측도 상당히 화가 났을 거요."

뭐, 어쩔 수 없는 일이지.

날 납치하려고 했을 때부터 이미 중국 쪽과는 돌아갈 수 없는 강을 건넌 셈이니까.

하지만 이제는 설령 리창위와 싸운다 해도 자신이 있었다.

맞설 수단이 생겼으니까.

하나는 탄약보정에 힘입어 그 위력이 충분히 입증된 대물저격소총 AW50F.

또 하나는 31,000카르마였다.

이 정도의 카르마라면 내 메인스킬인 정령술을 상급으로 올려놓고도 남을 정도다!

상급 정령술!

데릭이 보여주었던 그 수준이 아닌가!

# 11장

강자가 되다

상급 정령술!

바로 엘프 최고의 전사 데릭의 경지였다.

'상급 레벨이 되면 정령과 융합하는 기술을 쓸 수 있게 돼!'

데릭이 카사와 융합한 뒤 검을 휘둘러 겁화(劫火)를 일으켰던 어마어마한 이적이 아직도 머릿속을 떠나지 않는다.

나도 그것을 할 수 있다!

그 정도쯤 되면 리창위와 싸워도 해볼 만하지 않을까?

"어쨌든 다음 시험에서 중국과 충돌하는 건 확실합니다."

차지혜가 말했다.

"오딘 씨가 해적을 물리친 이야기는 유명합니다. 6명이나 사살당한 중국 측은 이를 갈고 복수해 올 겁니다."

"그렇겠지. 한두 명도 아니고 6명이면 아무리 숫자가 많은 중국이라 해도 발칵 뒤집혔을 테니 말이오. 어쩌면 노르딕 시험단에 공식 항의가 들어올지도 모르겠소."

"그럴 일은 없을 겁니다. 해적 무리에 끼어서 노략질을 했다고 실토하지는 못할 겁니다."

하긴 국가 체면이 있지…….

그럼 비공식적으로 보복을 해온다는 뜻이니 그게 더 무섭긴 하다.

"아무튼 두 분은 해적들과 부딪칠 확률이 높으니 해전에 대비하기도 해야겠구려. 일단은 카르마 보상부터 받아야겠구려."

"그래야겠어요."

식사를 마치고서 나는 차지혜와 함께 따로 조용한 곳에서 만났다.

카르마 보상을 어떤 식으로 받을지 상의하기 위해서였다.

"일단 전 정령술을 상급 1레벨로 만들 생각이에요."

"그만큼의 카르마를 올리셨으니 그게 가장 좋은 선택이라고 생각합니다."

나는 일단 석판을 소환한 뒤에 정령술을 상급 1레벨로 올렸다.


―정령술(메인스킬): 상급 정령을 소환하여 대자연의 힘을 발휘하며, 스스로 자연의 기운을 받아 육체능력이 비약적으로 향상됩니다.

＊소환 가능한 정령: 실프, 카사

＊상급 1레벨: 소환시간 1미시간, 정령과 융합하여 정령의 힘을 스

스로 발휘할 수 있습니다.

　─잔여 카르마: +5,6ㅁㅁ

　스킬을 올린 순간, 몸속에서 알 수 없는 따스한 기운이 넘쳐
흐르기 시작했다.

　'자연의 기운이다!'

　인공근육슈트를 입은 것처럼 힘이 넘쳐흘렀다.

　오러 컨트롤을 입힌 사람들도 이런 기분이겠지 싶었다.

　'이래서 데릭이 평소에 나보다 더 빠르게 달릴 수 있었구나.'

　게다가 중급 2레벨에서 상급 1레벨까지 한번에 올렸음에도,
아직 5,600카르마나 남아 있다!

　'정말 이번 7회차는 대박이었어.'

　타락한 시험자들이 왜 조심조심 활동하는지 알 것 같았다.

　단 한 명을 죽여도 수천 카르마가 공짜로 들어오는 것이다!

　시험자로서는 이렇게 좋은 먹잇감이 없었다.

　'나한테 6명이 죽었다는 걸 알면 중국 시험단 녀석들도 속
이 많이 쓰리겠는걸.'

　다만 한 가지 걱정되는 것은 중국이 열 받은 나머지 내 가족
을 노리는 것이다.

　노르딕 시험단이 내 가족들을 보호해 주고는 있지만 중국이
마음먹고 보복하려 들면 그 정도 안전장치로는 부족했다.

　'내가 강해져서 한국에 돌아가는 수밖에 없어.'

일단 정령술이 상급 1레벨이 됐으니 어느 정도는 강해진 셈이었다.

나는 차지혜에게 말했다.

"나머지 카르마는 일단 상급 정령술의 힘을 시험해 보고 어떻게 쓸지 판단할게요."

"그러십시오."

"그나저나 차지혜 씨는 카르마 보상을 어떻게 받으시려고요?"

"일단은 오러 컨트롤에 집중할 생각입니다."

차지혜가 현재 가진 카르마는 총 4,100.

그녀가 지금까지 익힌 스킬의 종류는 매우 심플했다.

오러 컨트롤 중급 1레벨. 간신히 무기를 통해 오러를 낼 수 있는 오러 엑스퍼트의 경지였다.

그리고 체력보정 중급 1레벨. 인체 한계인 초급 5레벨을 한 단계 넘어선 정도의 육체 수준이었다.

그리고 길잡이 초급 1레벨.

"시험을 한두 번 더 치른다 해도 김현호 씨를 따라잡는 것은 무리라고 생각됩니다."

'그야 그렇지.'

그녀가 거의 시험을 주도할 정도의 활약을 떨치지 않는 한 나를 따라잡을 정도의 카르마를 얻지는 못한다.

내가 생각해도 난 굉장히 빨리 강해졌다.

"그래서 조금은 장기적인 관점에서 메인스킬에 집중하기로 했습니다. 김현호 씨의 짐이 되지 않도록 노력하겠습니다."

"짐이라뇨. 언제나 도움 되는걸요."

차지혜는 오러 컨트롤에 3,600카르마를 투자해서 중급 3레벨로 올렸다. 남은 500카르마는 일단 가지고 있기로 했다.

인공근육슈트로 육체능력은 극복이 가능하기 때문에 체력보정은 나중에 여유가 되면 올리기로 했다.

메인스킬에 집중하는 것.

오딘이 빠르게 강자가 될 수 있었던 비결이기도 했다.

차지혜는 오딘처럼 단시간에 강자가 되고 싶어 하는 것이었다.

'그럼 나중에는 오러 마스터가 된 차지혜를 볼 수 있겠구나.'

두 자루의 곡도에서 오러 블레이드를 일으키는 차지혜를 상상해 보았다.

'머, 멋지다!'

저 쿨한 차지혜가 쌍곡도로 화려하고 날렵하게 움직이는 모습이라니!

그야말로 데릭의 인간 여성 버전 같은 위압감이었다.

"무슨 생각하십니까?"

"헉! 아, 아닙니다."

차지혜의 물음에 나는 기겁을 하며 상념에서 벗어났다.

그런데 때마침 불청객이 난입했다.

"현호!"

마리였다.

불쑥 안으로 들어온 마리는 나와 차지혜를 번갈아 보더니,

와락!

내게 팔짱을 껴오며 차지혜를 경계 어린 눈빛으로 노려본다.

"무슨 일이에요? 우리 카르마 보상을 받는 중이었는데."

시험자들끼리 카르마 보상을 받을 땐 자리를 피해주는 게 보통이었다. 카르마를 어떻게 썼느냐는 가장 큰 비밀이었기 때문이다.

"현호!"

"네, 네."

"한국에 돌아가?"

"네, 그래야죠."

"가지 마!"

"가야 해요. 가족들도 걱정되고요."

"가지 마!"

마리가 빼액 소리를 질렀다.

하지만 전처럼 발작을 일으킨 건 아니었다.

마리는 이미 정신적으로 많이 안정되어서 히스테리를 부리지 않은 지 꽤 오래되었다.

낮아진 정신연령은 쉽게 돌아오지 않았지만 저주의 후유증은 벗어났다고 봐도 좋았다.

나는 마리의 머리를 슥슥 쓰다듬어주며 말했다.

"그래도 가야죠. 또 올 테니까 걱정 마세요."

"싫은데. 현호 가면 싫은데."

마리는 울상이 되어서 끊임없이 '싫은데'를 반복했다.

"한국에 같이 가면 되잖습니까."

뜬금없이 차지혜가 말했다.

"네?"

난 내 귀를 의심했다.

"마리 요한나 씨도 한국에 함께 가면 되잖습니까."

"응! 그럼 된다!"

마리가 활짝 웃으며 정신없이 고개를 끄덕였다.

"오딘 씨가 허락할까요?"

"응? 허락? 그게 왜 필요해?"

마리는 고개를 갸웃거렸다.

"내가 가고 싶으면 가는 거야. 허락 안 필요해."

……어린애처럼 민폐는 잔뜩 끼치는 주제에, 자기가 보호자가 필요 없는 나이라는 건 자각하고 있군.

"한국 갈 거야! 말하고 올게!"

마리는 쌩하니 사라졌다.

나타나는 것도 사라지는 것도 전광석화였다.

난 차지혜를 물끄러미 바라보았다.

"무슨 생각이세요?"

"뭐가 말입니까?"

"마리 요한나요. 그 여자 때문에 불편하시지 않아요?"

"불편하십니까?"

"전 그렇다 쳐도 은근히 차지혜 씨를 싫어하잖아요."

"전 요한나 씨가 좋습니다만."

"네?"

"고양이 같아서 귀엽습니다."

"……."

그래, 이 여자 고양이 좋아했지. 특히 실프.

아, 생각해 보니 상급 정령으로 진화한 실프와 카사가 어떻게 변했는지 한번 봐야지?

생각난 김에 나는 두 정령을 소환했다.

―냐앙.

―멍!

둘 다 전과는 사뭇 달라진 모습이었다.

실프는 몸집은 그대로지만 털이 더 길어져서 복슬복슬한 귀여움이 느껴졌다.

반면 카사는 강아지에서 성견으로 완전히 자란 모습. 대형견은 아니었고, 이를테면 다 큰 진돗개 정도의 크기였다.

두 녀석은 덩치도 커진 주제에 여전히 내 몸 위로 기어 올라왔다.

실프의 길어진 털과 카사의 큰 덩치 탓에 정신이 사나웠다.

"……!"

그런 내 모습을 보며 차지혜의 눈빛이 처음으로 흔들렸다.

차지혜의 시선은 명백하게 실프의 동선을 따라다니고 있었다.

"실프 안아보실래요?"

"아, 아니 별로 상관없습니다만?"

"됐습니다, 하고 잘라 말하지는 않네요?"

"딱히 좋지도 싫지도 않은……."

난 실프를 번쩍 들어 차지혜에게 던졌다.

—냥!

실프는 무심코 양팔을 뻗은 차지혜의 품에 쏙 들어갔다.

눈빛이 미친 듯이 흔들거리며 동요하는 차지혜를 보며 그제야 나는 만족스러워졌다.

시험자가 된 후로 처음으로 차지혜의 인간적인 모습을 보게 된 것이다.

잠시 후, 오딘과 마리가 찾아왔다.

"마리가 한국에 따라간다고 하더구려."

오딘은 조금 피곤해 보이는 얼굴이었다. 마리가 계속 떼를 썼겠지.

"요한나 씨도 원하시고, 요한나 씨가 함께 계시면 중국 측의 위협이 있을 때도 더 든든하다고 생각합니다."

차지혜가 말했다. 저게 진짜 이유였구나. 그저 귀엽다고 따라오라고 권한 건 아닌 모양이었다.

"그래도 되겠소? 충분히 느끼셨겠지만 참 손이 많은 아이오만."

"아이, 아냐. 어른이야!"

마리는 나이프를 휙 던지며 소리쳤다. 오딘은 날아드는 나이프를 오른손으로 낚아채며 한숨을 쉬었다.

"괜찮으시겠소?"

"예, 저희는 괜찮습니다. 노르딕 시험단에 폐를 끼치는 게 아니라면……."

"폐될 게 뭐 있겠소? 마리의 존재가 두 분의 안전에 도움이 된다면 좋겠소. 두 분은 우리 소속은 아니지만 이미 한배를 탄 것이나 다름없잖소."

"하하, 그렇죠."

노르딕 시험단은 이미 아레나에 가져갈 소형 정찰위성까지 개발 중이었다.

나와 차지혜로서는 노르딕 시험단이 가장 믿을 만한 우군이 었고 말이다.

"그런데 카르마 보상은 받으셨소?"

"아직요. 일단은 정령술을 상급 1레벨까지 올렸습니다."

"호오, 메인스킬이 상급이 되셨구려. 그건 느티나무 마을의 데릭과 같은 상급 정령술 아니오?"

"하하, 그렇죠."

"흥미롭군. 사실 데릭과는 기회 되면 꼭 한번 대결해 보고 싶었는데 말이오."

오딘은 그러면서 도발적인 시선으로 날 본다.

난 웃으며 말했다.

"저도 시험해 보고 싶네요. 그럼 한번 대련을 부탁드려도 될까요?"

"좋소. 단, 무기는 없이 갑시다."

"네."

그의 오러 블레이드나 나의 총이나 위험한 건 매한가지니 무기 없이 싸워보기로 했다.

"따라오시오. 좋은 장소가 있소."

우리는 함께 엘리베이터를 타고 노르딕 시험단 본부의 지하층으로 내려갔다.

지하 6층에서 내리니 두꺼운 철판으로 폐쇄된 방문이 보였다. 두꺼운 철문이 마치 위험물질을 보관해 둔 장소를 연상케 했다.

"합금으로 벽을 만든 대련장이오. 이 안에서는 마음껏 날뛰어도 상관없소."

거칠게 날뛰어볼 테니 각오하라는 말로 들린다.

오딘과 나는 철문을 열고 안으로 들어갔다.

"실프!"

―냥?

"음, 나와 융합할 수 있겠니?"

―냐앙.

실프는 고개를 끄덕였다.

팟!

실프는 훌쩍 나 가슴으로 뛰어들었다.

그러자 쑤욱 하고 내 몸속으로 빨려 들어가는 게 아닌가.

휘이이잉!

돌연, 내 몸을 중심으로 돌풍이 불었다. 나는 작은 회오리에 휩싸였다.

몸속에 있던 자연의 기운이 들끓어 오르기 시작했다.

"오, 그게 정령 융합이구려. 그럼 나도 가겠소!"

오딘이 오러를 일으켰다.

푸른 오러가 그의 전신에서 흘러나오기 시작했다.

오딘이 덤벼들자, 나는 반사적으로 주먹을 내질렀다. 그랬더니,

부우웅!

내 주먹에서 엄청난 권풍이 뿜어져 나갔다.

뒤로 날아가는 오딘을 보며 나는 벙 쪄버렸다.

"허어, 대단하구려."

벽 끝까지 날아가 부딪친 오딘이 부스럭거리며 일어섰다.

"괜찮으세요?"

"그렇소. 그런데 아무래도 검이 없이는 김현호 씨에게 가까이 접근할 수 없을 것 같소."

하기야 나도 이렇게 위력이 강할 줄은 몰랐다.

내 몸에 강력한 회오리를 둘러버리면 그야말로 아무도 접근을 못하겠지.

'한번 해볼까?'

휘이이잉!!

파아아아앗—!

자연의 기운이 꿈틀거리며 발출되더니, 강력한 풍압이 내 주위를 감쌌다. 나를 중심으로 지름 3m 크기의 회오리가 형성되었다.

'신기하다!'

실프의 능력이 내가 마음먹는 대로 발현되다니 놀라울 따름이었다.

'회오리를 칼날처럼 만들면 어떨까?'

상상만으로도 오싹했다. 주변 모든 것을 찢어발길 수 있다. 실프와 융합을 해제한 뒤, 나는 이번에는 카사를 소환했다.

"카사, 융합하자."

—멍!

카사가 신난다는 듯이 나에게 뛰어들었다.

화르르르!

내 온몸에 시뻘건 불길이 피어올랐다. 다행히 입고 있는 옷이 홀랑 타버리거나 하지는 않았다.

불길은 내가 머릿속으로 생각하는 대로 움직였다.

불꽃을 찰흙처럼 빚으며 온갖 모양을 만들어본 나는 만족스럽게 고개를 끄덕였다.

"정말 좋네요."

"마음 같아서는 정말로 검을 들고 싸워보고 싶소."

"하하, 사양할게요."

결국 오딘과의 대련은 제대로 실현되지 못했다.

하지만 상급 정령술의 강력함은 충분히 확인할 수 있었다.

그날 이후로 나는 노르딕 시험단 본부에 머물며 상급 정령술을 시험해 보았다.

일단은 실프와 카사를 모두 내 몸에 융합시킬 수 있는지 시도해 보았는데, 그건 불가능했다.

실프가 융합되면 카사가 튕겨 나오고, 카사가 융합을 시도하면 실프가 튕겨 나갔다.

결국 서로 나와 융합하겠다고 투덕투덕 다투는 것을 말려야 했다.

상급 정령술과 사격의 결합도 썩 만족스럽지는 않았다.

융합된 상태에서는 권총이 별 의미가 없었던 것이다.

데릭은 검을 휘둘러 겁화를 일으켰지만, 나는 방아쇠를 당겨서 총알을 쏘는 방식이라 그걸 흉내 낼 수 없었다.

차라리 손을 휘둘러 불길을 일으키는 편이 낫지 굳이 총을 이용할 필요가 없었다.

'그래도 아예 의미가 없는 것은 아니구나.'

굳이 융합된 상태가 아니더라도 실프와 카사는 상급 정령으로 진화하면서 더 강력해져 있었다.

카사가 작약의 폭발력을 극대화해 탄환을 힘껏 밀어내고, 실프가 탄환을 회전시켜 관통력을 높인다.

그러한 정령사격술의 효과가 더 커졌다.

탄약보정 스킬 마스터까지 더해져서 이제 내가 쏘는 닐슨 H2는 더 이상 권총이라고 할 수도 없을 정도의 위력을 지니게 되었다.

전차 장갑도 권총 가지고 뚫어버릴 수 있을 것 같은데 말 다한 셈이었다.

대물 저격소총 AW50F 역시 정령사격술로 더 강해졌음을 말할 필요도 없었다.

사실 내가 쏘는 AW50F는 이게 소총인지 바주카포인지 헷갈릴 지경!

"바주카포? 그런 소총이 정말 있긴 있지."

총기 전문가인 닐슨 아슬란이 내게 말했다.

"20㎜구경의 대물 저격소총이 몇 종 있는데 그쯤이면 거의 바주카포급이지. 네가 그런 괴물을 쓴다면 걸어 다니는 미사일 기지나 다름없을걸."

구경 20㎜라는 말에 나는 할 말을 잃었다.

12.7㎜인 내 AW50F도 충분히 괴물 같은 위력을 자랑했다.

그런데 20㎜면 대체 어느 정도일까?

"당장은 그렇게까지 미친 저격소총은 필요 없을 것 같아요. 지금 가진 AW50F로도 충분히 만족하는걸요."

"그건 그럴 테지. 저격소총으로 와이번까지 잡는 놈한테 20㎜까지는 필요 없겠군. 드래곤이라도 잡으러 갈 것도 아니고."

이로서 나는 전투 패턴을 확립했다.

원거리 저격은 AW50F.

다수를 상대로는 닐슨 H2 2정.

일대일은 정령 융합.

특히 정령 융합과 관련해서는 특별한 요소를 더 발견했다.

실프와 융합한 채 바람의 가호를 사용하자 발휘할 수 있는 힘이 2배로 증폭된 것이다!

바람의 가호도 기본적으로는 정령술에 근원한 스킬이니 두 힘이 시너지를 발휘한 것으로 보였다.

현재 바람의 가호는 중급 1레벨.

비슷한 스킬인 불꽃의 가호는 초급 1레벨이었다.

'둘 다 레벨 올리는 데 카르마가 많이 들지 않는 합성스킬이야. 이걸로 정령 융합 시 두 배 위력을 낼 수 있으면 엄청난 이득인데!'

일단은 중급 1레벨인 바람의 가호를 마스터까지 몇 카르마가 필요한지부터 확인해 보았다.

―바람의 가호(합성스킬)을 마스터하는 데 필요한 카르마를 보여 드립니다.

―바람의 가호(합성스킬): 신체를 통해 강한 바람을 일으킵니다. 사용자의 집중력과 스킬레벨, 정령술의 스킬레벨의 영향을 받습니다.

＊마스터: 하루 3시간.

―마스터까지 4,100카르마가 소모됩니다.


―잔여 카르마: +5,600


'4,100카르마라……'

지금 남은 카르마가 5,600이니 충분히 올릴 수 있었다.

마스터하면 쿨타임 없이 하루에 3시간 동안 사용할 수 있다니, 그것도 마음에 들었다.

'좋아. 일단은 바람의 가호부터 올리자.'

나는 석판에 대고 외쳤다.

"바람의 가호를 마스터하겠다."

파앗!

석판에서 빛이 뿜어져 나왔다.

—4,100카르마로 바람의 가호(보조스킬)을 마스터까지 올립니다.
—잔여 카르마: +1,500

그러자 체내의 자연의 기운이 아까보다 더 많아졌다.

아무래도 카사보다 실프를 활용할 일이 더 많다 보니 바람의 가호에 집중 투자한 것이다.

'한번 위력을 다시 시험해 봐야지.'

나는 실프와 융합된 상태에서 바람의 가호를 시전했다.

그리고 손바닥 위에 작은 돌풍을 만들었다.

그런데,

콰콰콰콰콰콰!

돌풍은 마치 드릴처럼 미친 듯이 회전했다.

'헐.'

살짝 일으켰을 뿐인데 이 정도의 위력이었다.

바람의 가호로 인하여 증폭된 위력이 거의 3배 수준이었다.

'상급 1레벨에 위력이 3배로 증폭된다면 데릭보다도 강력한 위력을 낼 수도 있겠어.'

다만 아쉬운 것은 정령 융합 상태에서는 무기 없이 싸워야 한다는 것.

총 같은 원거리 무기는 의미가 없었고, 무기는 다뤄본 적이
없어서 안 쓴다.

일전에 살짝 배워본 복싱이나 엘프들과 즐겼던 술래잡기만
응용할 뿐이었다.

물론 그냥 막 싸움을 한데도 나는 무술의 달인 수준의 몸놀
림을 발휘할 터였다. 운동신경 상급 1레벨 덕분이다.

'이번 휴식 시간에는 킥복싱을 더 연마해 봐야겠다.'

차지혜에게 배우면 될 것 같았다.


*　　　*　　　*


나는 마리와 차지혜와 함께 한국으로 돌아왔다.

중간에 스위스를 거쳐야 했는데, 차지혜의 계좌를 개설하기
위해서였다.

그녀는 내가 선물한 와이번의 마정을 노르딕 시험단에 팔
고, 470만 스위스 프랑을 입금 받기로 했다. 우리나라 돈으로
약 53억 원에 해당하는 거금이었다.

한국에 도착했을 때도 차지혜는 마리와 함께 외국인으로서
입국심사를 받아야 했다.

신분과 함께 국적을 잃어버린 차지혜의 모습이 안타까웠다.
정작 본인은 별로 개의치 않아 했지만 말이다.

"이제 돈도 많으신데 집 한 채 사셔도 되지 않나요?"

"굳이 그럴 필요를 못 느끼겠습니다."

"······예?"

"김현호 씨 댁도 충분히 편안합니다만. 혹시 제가 함께 있는
게 불편하신 겁니까?"

"아, 아니요. 그럴 리가요."

마치 '난 너 때문에 죽었는데 넌 내가 귀찮은 거야?' 라고 묻
는 듯해서 난 황급히 고개를 저었다.

"그럼 됐습니다. 한동안은 신세 지겠습니다."

"그, 그러세요."

"현호, 나는?"

마리가 불쑥 물었다.

"며칠 있다 집에 돌아가세요."

내가 머리를 슥슥 쓰다듬어주며 대꾸하자 마리는 뾰로통한
표정을 지었다.

그녀는 잔뜩 삐쳤음을 내게 어필했지만, 이미 마리에게 내
성이 생긴 나는 가뿐하게 무시해 주었다.

택시를 타고 집에 돌아오니 감회가 새로웠다.

정말 오랜만에 돌아온 마이 홈이었다.

그런데 사소한 문제가 생겼다.

손님방은 차지혜가 쓰고 있었는데, 마리를 어디서 재워야
좋을지 고민이었다.

"난 현호랑 자면 돼."

"······."

난 즉시 PC를 켜고 인터넷에서 가구업체를 찾아 작은 침대

를 주문했다. 배송·설치비를 더블로 주는 대신 당일 배송을 약속받았다.

그리하여 전광석화로 서재로 쓰던 내 방에 침대가 설치되자 마리는 더더욱 심통이 난 얼굴이 되었다.

그날 저녁은 한국에 처음 온 마리를 위해 이곳저곳 돌아다녔다.

경복궁을 둘러보며 관광을 하는데, 마리가 자꾸만 내 옆에 찰싹 붙어서 곤란하게 만들었다.

"어머, 애인이 외국인이네."

"우리나라 남자가 백인 여자랑 사귀는 경우도 있네."

"그런데 옆에 있는 다른 여자는 또 누구지?"

좌 차지혜, 우 마리를 대동하고 경복궁을 다니는 나는 어딜 가나 사람들의 구경거리가 되었다.

두 여자의 미모도 미모였지만 찰싹 붙어서 치근덕거리는 마리 때문이었다.

피곤해진 나는 한정식 전문점에서 식사를 하고 냉큼 돌아왔다. 참고로 마리는 처음 잡아본 젓가락을 기막히게 잘 썼다.

그런데 그날 밤…….

위잉, 위잉.

습관적으로 교신기를 찾던 나는 뒤늦게야 주머니에 있는 스마트폰을 꺼냈다.

엄마였다.

"여보세요?"

─아들, 살아 있기는 해?

"응, 잘 살아있지. 엄마야말로 그동안 강녕하셨는지요?"

─아들, 엄마 완전 외로워서 죽어 가고 있어. 고독사 할 것 같아.

"고독사 같은 소리 하네. 듬직한 누나가 곁에 있잖아?"

─현주 걔는 없는 거나 마찬가지야. 필요한 말이나 혼담 주선해 오란 말 외엔 일절 입을 열지 않는다니까.

"......"

나도 현지도 없으니 엄마가 외로워할 만도 했다. 누나야 뭐 곁에 있는 사람을 더욱 고독하게 만드는 게 특기이고.

─그나저나 아들 요새 외국 다닌다면서?

"응, 오늘 돌아왔어."

─그럼 지금 부천이겠네?

"그렇지."

─아들 집이 정확히 부천 어디야?

"현지 사는 원룸은 알아?"

─알지. 몇 번 가봤고.

"거기서 가까워. 걸어서 금방이야."

─어머, 그래?

갑자기 반색을 하는 엄마.

이 어투는 마치 현지가 날 함정에 빠뜨렸을 때와 비슷했다. 나는 불길함을 느꼈다.

"어머니."

—왜 아들?

"소자, 한 가지 여쭙겠습니다."

—응, 물어보렴.

"혹시 어머니께서 지금 현지의 집에 계시는지요?"

—호호호, 역시 눈치도 참 빨라.

'당했다!'

그동안 가족들이 절대로 찾아오지 못하게 의도적으로 잘 차단해 왔는데, 오늘 엄마한테 제대로 걸려든 것이다.

"아, 근데 내가 곧 일 때문에 나가봐야 해서……."

—호호, 핑계는 소용없어, 아들.

"크윽!"

엄마는 요사스럽게 웃었다.

—걸어서 금방이라고 했으니까 지금 갈게 아들.

"하, 하지만……!"

—현지도 아들 집에는 한 번도 못 가봤다던데, 왜 그렇게 피하는지 오늘 한번 확인해 봐야겠네.

"아니, 근데 난 지금 일이 좀……."

—있다 봐. 아들 집 주소는 어제 등본 떼서 확인했어.

그러면서 통화가 끊어졌다.

"……."

나는 안색이 창백해졌다.

이런 호화로운 펜트하우스에서 살고 있다는 걸 가족들이 알면 여러 가지로 의문을 가질 텐데.

그럼 난 뭐라고 변명해야 할까?

아니, 그보다 지금 차지혜와 마리까지 있는데?!

나는 급히 두 사람을 거실로 불러 모았다.

"오늘은 호텔에서 지내주세요! 부탁할게요!"

"왜?"

마리가 고개를 갸웃거렸다. 난 엄마가 곧 온다는 사실을 가르쳐 주었다.

마리는 눈빛을 빛냈다.

"현호 엄마 볼래!"

나는 암담함을 느꼈다.


마리가 꼭 엄마를 만나겠다고 떼를 쓰는 바람에 두 사람을 내보내지 못하고 전전긍긍할 때였다.

[엄마: 다 왔어 아들. ♡]

"으악!"

나는 비명을 지르며 급히 답장을 보냈다.

[나: 어떻게 벌써 와?]

[엄마: 차로 왔지. ㅎㅎ]

엄마는 가까운 거리를 택시 탈 사람이 아니다. 그렇다면…….

[나: 누나도 있어?]

[엄마: 현주, 현지 다 있어.]

[나: 누나는 또 왜?!]

[엄마: 같이 현지 보러 부천 왔지.]

대충 상상 간다.

웬만한 기업들의 전반기 공채 시즌이 끝났는데도 아직 취업 소식은 없는 현지.

둘이서 협공해서 현지를 닭 장사의 세계로 입문시키려 했으리라.

누나의 채찍과 엄마의 당근이라는 양면 전술 앞에서 애처롭게 저항했을 현지의 모습이 안 봐도 비디오다.

'가만……'

현지가 내 집에 있는 이 두 여자를 보면 또 무슨 오해를 할지 모르는데?!

[나: 지금 어디야?]

[엄마: 이제 엘리베이터 타.]

나는 다시 한 번 마리를 설득했다.

"마리 씨, 제발 저 좀 도와주세요, 네?"

"알았어."

마리는 방긋 웃으며 말했다.

"현호 엄마한테 잘할게!"

"끄아악!"

나는 머리를 싸쥐고 절규했다.

그때였다.

"간단한 문제입니다."

차지혜가 입을 열었다. 마리가 알아들을 수 없는 한국말이었다.

"간단해요?"

"가족분들은 마리 요한나 씨의 말을 알아듣지 못합니다."

"아!"

생각해 보니 그러네.

하지만 나한테 찰싹 붙어서 아양을 떠는 모습만 봐도 충분히 가족들에게 오해와 충격을 줄 수 있을 텐데?

"요한나 씨는 정신장애 탓에 정신연령이 어리고 현호 씨를 아버지처럼 따른다고 하십시오."

그녀가 말을 이었다.

"그리고 저는 덴마크 교포 사업가로 사업차 한국에 왔고, 현호 씨는 제 경호를 맡았다고 하면 됩니다."

"그건 그렇다 치고 두 사람이 제 집에 있는 이유는요?"

"요한나 씨가 제 먼 친척인데, 현호 씨를 너무 좋아해 떨어지려 하지 않아 하는 수 없이 신세 지게 됐다고 하죠."

나는 감탄이 나왔다.

저렇게 거짓말이 술술 나오다니!

"이 집은요?"

"덴마크에 있는 동안 박진성 회장의 목숨을 구해주고 선물받았다 하십시오."

나는 황당함을 느꼈다.

"저기, 이미 가족들은 제가 등산 도중 실족한 진성그룹 이사를 구해준 대가로 취직한 줄 알아요. 근데 이번에는 회장을 구해줘서 집을 얻어요?"

가족들의 불신 어린 눈초리가 안 봐도 비디오였다.

"그냥 우기면 됩니다. 사실 여부를 확인할 방법도 없는데 어떻습니까?"

"……."

확실히 그건 그랬다.

'에이, 나도 모르겠다.'

나는 정신줄을 놔버렸다. 이젠 될 대로 되라 싶었다.

딩동~

초인종이 울려 퍼졌다.

문을 열자 우리 집안 여자들이 우르르 몰려왔다.

"아들~!"

"어, 어……."

"어머머! 집 좀 봐! 세상에!"

엄마는 안으로 진입하며 드넓은 거실에 감탄을 연발했다.

그러다가 거실에 있던 두 여자와 마주쳤다. 뒤따라 들어온 누나와 현지도 마찬가지였다.

"누구세요?"

엄마가 조심스럽게 물었다.

"현호 엄마다! 전 현호 아내예요!"

골이 빈 마리가 나서서 씩씩하게 대답했다. 하지만 우리 가족들이 아레나의 언어를 알아들을 리가 없었다.

내가 즉시 나섰다.

"이쪽은 차지혜 씨라고 덴마크에서 오신 사업가이셔."

"덴마크?"

비로소 차지혜가 정중하게 인사했다.

"안녕하십니까. 크리스티나 차, 한국 이름은 차지혜입니다. 덴마크에서 사업을 하고 있고, 업무차 한국에 왔다가 신세를 지게 되었습니다."

"아니, 그런데 어째서 이 야심한 시간에 우리 아들 집에 계시는지……."

내가 말했다.

"진성그룹 쪽 손님이셔. 내가 경호를 맡게 됐는데 어쩌다 보니까 내 집에서 묵게 됐어."

"어쩌다 보니까?"

엄마의 표정이 손주를 원하는 부모의 얼굴로 돌변했다. 그리고 현지가 쓰레기 보듯이 나를 노려본다. 나는 살짝 고개를 돌려 현지의 시선을 피했다.

차지혜는 사무적인 어조로 엄마의 기대감을 무너뜨렸다.

"이쪽은 마리 요한나로 제 먼 친척 동생입니다. 마리는 정신적으로 장애가 있는 아이인데, 현호 씨가 마음에 들었는지 떨어지려 하지 않아서 어쩔 수 없이 실례 불구하고 신세를 지게 됐습니다."

엄마는 알 수 없는 언어(아레나 언어)로 재잘재잘 지껄이는 마리를 물끄러미 바라보았다.

"확실히 조금 불편해 보이네요. 예쁜데 안타깝게도."

그런데 그때였다.

"Was machen Sie Geschäfte machen(어떤 사업을 하십니까)?"

가만히 우리를 의혹 어린 시선으로 바라보던 누나가 말했다.

'뭐, 뭐야?'

나는 깜짝 놀랐다.

대체 뭐라고 한 거야? 설마 누나가 덴마크어까지 할 줄 아는 거야?!

차지혜는 아무 대꾸도 못하고 멀뚱히 섰다.

"……."

"……."

차지혜와 누나 사이에 어색한 공기가 흘렀다.

"설마 방금 제 말을 못 알아들으신 건가요?"

"아뇨, 왜 굳이 한국말로 묻지 않으신 건지 의아했습니다만."

"어쨌든 제 질문에 답해보시죠?"

"너무 의아한 나머지 뭐라고 말씀하신 건지 못 들었습니다."

"다시 묻죠. Was machen Sie Geschäfte machen?"

"발음이 안 좋으셔서 못 알아듣겠군요. 그냥 한국말로 해주십시오."

"제 덴마크어가 서투르다는 건가요?"

"네."

"실은 덴마크어가 아니라 독일어였는데요."

"너무 발음이 안 좋으셔서 덴마크어인지 독일어인지 분간이 안 갔습니다만."

대, 대단하다, 차지혜! 저렇게 뻔뻔할 데가!

누나의 미간이 꿈틀했다.

그런데 그때였다.

"Ich bin die Frau des Hyun—ho(전 현호의 아내입니다)!"

뜬금없이 마리가 독일어로 소리쳤다.

누나는 차지혜에게 물었다.

"저 여자 말이 사실인가요?"

"마리의 말은 신경 쓰지 마십시오. 말씀드렸듯 제정신이 아닙니다."

"저 여자가 방금 뭐라고 말했는지 말씀해 보시죠."

"워낙 헛소리를 많이 해서 마리의 말은 귀담아 듣지 않습니다."

저렇게 잡아떼면서도 표정 하나 안 변하는 차지혜가 이젠 두려울 지경이었다.

"Ich bin die Frau des Hyun—ho!"

마리는 다시 스스로를 가리키며 소리치는 것이었다.

'댁은 좀 닥치고 있으란 말이야, 이 미친 여자야!!'

나는 속으로 절규했다.

"이제 귀담아 들으셨겠죠?"

"말씀드렸듯 마리는 제정신이 아니니 신경 쓰지 마십시오."

두 여자의 싸늘한 대결에 마리를 제외한 모두가 벙 쪄버렸다.

"어, 언니. 저 여자가 뭐라고 한 거야?"

현지가 쪼르르 다가가 물었다.

누나가 말했다.

"자기가 현호의 아내라는데."

"뭐?!"

현지가 금방이라도 덤벼들어 물어뜯을 것처럼 나를 쏘아보았다.

"아, 아냐! 그런 눈으로 날 보지 말아줄래?"

나는 식은땀으로 범벅이 된 채 허둥지둥 대꾸했다.

그러자 마리는 자기 손을 펴 보이며 독일어로 계속 신나게 재잘거린다.

누나가 말했다.

"결혼반지도 있다는데."

"그, 그건…… 길거리에서 사준 것뿐이야. 하도 사달라고 졸라서……!"

"제차 말씀드렸듯 마리는 제정신이 아니니 신경 쓰실 필요 없습니다."

차지혜는 뚝심 있게도 변함없이 사무적인 어조로 말한다. 예술적인 뻔뻔함이었다.

그러자 누나는 독일어로 마리에게 뭐라고 물었다.

마리는 고개를 갸웃거리더니 도리도리 젓고는 뭐라고 말한다.

마리를 내쫓아야 했다. 무슨 수를 써서든 내쫓았어야 했다!

누나는 차지혜에게 말했다.

"제정신이 아닌 것치고는 의사소통이 원활하군요. 저 여자는 당신이 한국인이며 덴마크 사람이 아니라고 말했습니다."

"마리가 가끔 절 미워해서 그런 소릴 하곤 합니다. 나중에 혼내야겠습니다."

"제가 보기에 당신은 덴마크어도 독일어도 모르는 순수 100% 한국인으로 보이는데요."

"왜 저를 그렇게 의심하시는지는 모르겠습니다만, 정 의심스럽다면 제 신분증을 보여드리겠습니다."

차지혜는 방에서 자신의 여권을 가져와 보여주었다.

덴마크에서 발급해 준 그 여권은 당연히 덴마크 국적의 신분을 증명하고 있었다.

"여권 위조는 무거운 처벌을 받을 수 있어요."

누나가 또 싸움을 건다.

"제 여권이 맞습니다. 자꾸 그러시니 불쾌합니다만."

"기분 나쁘셨다면 죄송하네요. 덴마크분이 덴마크어도 독일어도 모르시니 이상할 수밖에요."

"그나저나 아직 성함도 못 들었습니다."

차지혜는 멋지게 말을 돌렸다.

"……실례했네요. 김현주라고 합니다. 현호의 누나예요."

"반갑습니다, 현주 씨."

차지혜가 손을 내밀자 누나도 무심코 손을 뻗어 악수를 했다. 누나는 계속 추궁할 타이밍을 놓쳐 버렸다.

"저기……."

가만히 있던 엄마가 나섰다.

"말씀하십시오."

"거짓말은 그만두시고 사실대로 말해주시기 않겠어요? 우리 아들과 어떤 관계이신가요?"

엄마가 물었다.

차지혜는 한동안 침묵했다. 한참 후에야 입을 열었다.

"사실 전 현호 씨의 애인입니다."

나는 딸꾹질을 시작했다.

"아니, 그런데 방금은 어째서……."

"현호 씨가 절대 말하면 안 된다고 신신당부하는 바람에 본의 아니게 거짓말을 해야 했습니다. 정말 죄송합니다, 어머님, 형님, 아가씨."

"왜 거짓말을??"

엄마는 더 모르겠다는 표정이었다.

"왜냐하면 저희는 불륜……."

"그만—!!"

내가 절규했다.

결국 나는 차지혜를 애인이라고 소개해야 했다.

민정과 헤어진 지 얼마 되지 않았는데 바로 애인이 생긴 게 민망해서 비밀로 하려 했다고 둘러댔다.

"흥, 웃겨! 저 여자 때문에 민정이를 찬 거였어?"

현지는 쓰레기 보듯이 나를 노려보았다.

"그런 거 아니래도."

"민정이한테 다 말할 거야."

"이르지 마!! 카드 뺏는다!"

내 호통에 현지는 찔끔했는지 한발 양보한 눈치였다.

"Ich bin die Frau des Hyun—ho!"

"아들, 그럼 저 여자는?"

"……저 여자는 정말 미친 거 맞아."

"Ich bin die Frau des Hyun—ho!"

마리는 시끄럽게 독일어로 외쳐대고 있었다.

그제야 혼돈이 수그러들었나 싶었다.

"아들, 그런데 어떻게 이렇게 호화로운 집에서 사는 거야? 등본 보니까 아들 집이던데?"

"그, 그건……!"

혼돈이 또다시 시작되려 하고 있었다.

*      *      *

"이젠 이를 어찌할 거야!"

하얀 수염을 길게 기른 뚱뚱한 노인이 소리를 질렀다.

쨍그랑!

노인이 집어 던진 술병이 눈앞의 사내의 머리에 맞고 깨졌다.

그러나 젊은 사내는 상처 하나 없었고, 심지어 눈 하나 깜짝하지 않고 냉정했다.

젊은 사내는 광채가 흐르는 눈을 조금도 깜빡거리지 않은

채 노인을 똑바로 응시했다.

그 기세에 압도당한 노인은 헛기침을 했다.

"내가 흥분했군."

"진정하시죠. 흥분은 건강에 좋지 않습니다."

젊은 사내가 말했다. 그것은 경고였다.

"흠흠, 알겠다. 그런데 그보다 이를 어쩔 셈이냐? 목적을 완수하기는커녕 벌써 그놈 때문에 8명이 죽지 않았느냐?"

"간단합니다."

젊은 사내가 입을 열었다.

"이제 사로잡긴 틀렸고, 죽여서 응징을 해야지요. 김현호도, 그를 도운 오딘도 깡그리 다."

"그게 말처럼 쉬우냐?"

"제가 나서면 됩니다."

젊은 사내의 호언장담.

그런데 노인은 수긍했는지 나직이 고개를 끄덕이는 것이었다.

젊은 사내의 이름은 리창위.

혼돈이 또다시 시작되려 하고 있었다.

『아레나, 이계사냥기』 6권에 계속…

# 내일을 향해 쏴라

## 김형석 장편 소설

FUSION FANTASTIC STORY

1만 시간의 법칙!
'성공은 1만 시간의 노력이 만든다' 는 뜻이다.

그러나…
사회복지학과 복학생 수.
전공 실습으로 나간 호스피스 병동에서
미지와 조우하다.

1만 시간의 법칙?
아니, 1분의 법칙!

**전무후무한 능력이 수에게 강림하다!**
**맨주먹 하나로 시작한 수의**
**인생역전이 시작된다!**

Book Publishing CHUNGEORAM

유행이는 자유수~
WWW.chungeoram.com

# 데일리 히어로

FUSION FANTASTIC STORY

## 인기영 장편 소설

지금까지 이런 영웅은 없었다!

# 『데일리 히어로』

꿈과 이상을 가진 평.범.한. 고딩 유지웅.
하지만……
현실은 '빵 셔틀'일 뿐.

그러던 어느 날, 유지웅의 앞에 나타난 고양이.
그(?)로 인해 모든 것이 바뀌었다.

## 선행! 선행! 그리고 또 선행!

### 데일리 히어로 유지웅의 선행 쌓기 프로젝트!

Book Publishing CHUNGEORAM

유행이 아닌 자유추구
WWW. chungeoram.com

즐거운
인생

미더라 장편 소설
FUSION FANTASTIC STORY
A Bittersweet Life

삶의 의욕을 모두 잃은 주혁.
어느 날 녹이 슨 금속 상자를 얻는데……

"분명 어제도 3월 6일이었는데?"

동전을 넣고 당기면 나온 숫자만큼 하루가 반복된다!

포기했던 배우의 꿈을 향해 다시금 시작된 발돋움.
눈앞에 펼쳐진 새로운 미래.

과연 그는 목표를 이루고
인생을 바꿀 수 있을 것인가!

Book Publishing CHUNGEORAM

FUSION FANTASTIC STORY

미더라 장편 소설

ODD LAWYER
Devil's Balance

# 괴짜 변호사
## 악마의 저울

『즐거운 인생』 미더라 작가의
2015년 대작!

현직 변호사, 형사, 프로파일러, 범죄심리학 전문가 자문으로
현장의 생생함을 그대로 담아낸 현대 판타지!

『괴짜 변호사 : 악마의 저울』

"제가 왜 한 번도 패소한 적이 없는 줄 아십니까?"

"……"

"저는 법으로만 싸우지 않거든요."

법의 칼날 위에서 춤추는 자들과의
치열한 공방이 펼쳐진다!

Book Publishing CHUNGEORAM

우각 新무협 판타지 소설

FANTASTIC ORIENTAL HEROES

북검전기

# 2014년의 대미를 장식할,
# 작가 우각의 신작!

『십전제』, 『환영무인』, 『파멸왕』…
그리고,
# 『북검전기』
무협, 그 극한의 재미를 돌파했다.

북천문의 마지막 후예, 진무원.
무너진 하늘 아래 홀로 서고, 거친 바람 아래 몸을 숙였다.

살기 위해! 철저히 자신을 숨기고
약하기에! 잃을 수밖에 없었다.

심장이 두근거리는 강렬한 무(武)!
그 걷잡을 수 없는 마력이,
북검의 손 아래 펼쳐진다!

Book Publishing CHUNGEORAM

독고진 장편 소설
FUSION FANTASTIC STORY
100마일
100MILE
160.9344km.
투수라면 누구나 던지고 싶은 공.
『100마일』
"넌 야구가 왜 좋아?"
야구가 왜 좋냐고?
나에게 있어 야구는 그냥 나 자신이었다.
가혹할 정도의 연습도,
빛나는 청춘도 바쳤다.
그리고 소년은 마운드에 섰다.
이건 역사상 최고의 투수를 꿈꾸는
어떤 남자의 이야기이다.
Book Publishing CHUNGEORAM
유행이 아닌 자유추구 -
www.chungeoram.com